Los guardianes del amuleto

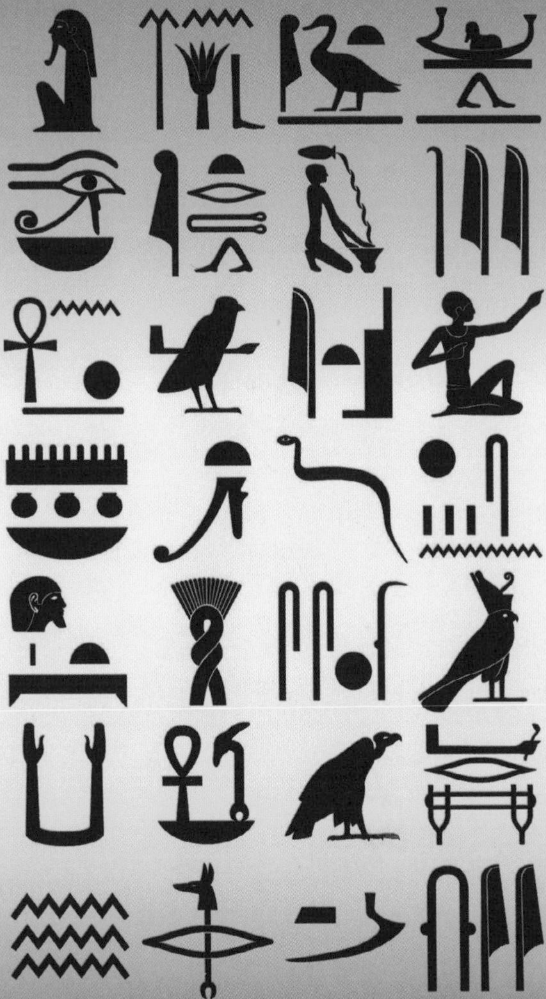

LIBRO 2

LOS GUARDIANES DEL AMULETO

MICHAEL NORTHROP

TOMBQUEST

LIBRO 2

LOS GUARDIANES DEL AMULETO

Traducción de Victoria Simó Perales

PUCK

Argentina – Chile – Colombia – España
Estados Unidos – México – Perú – Uruguay – Venezuela

Título original: *Tombquest - Book II – Amulet Keepers*
Editor original: Scholastic Inc., New York
Traducción: Victoria Simó Perales

1.ª edición Febrero 2016

ISBN: 978-84-96886-50-6
E-SBN: 978-84-9944-930-2
Depósito legal: B-41-2016

Fotocomposición: Ediciones Urano, S.A.U.

Impreso por: Rodesa, S.A. – Polígono Industrial San Miguel
Parcelas E7-E8 – 31132 Villatuerta (Navarra)

Impreso en España – *Printed in Spain*

Índice

Para mi hermano Matthew
y por las partidas de
Dungeons & Dragons
que en realidad nunca terminan.
M. N.

I

Un muerto sale de paseo

Una imponente figura descendió por la empinada ladera de la calle Swain, en la zona norte de Londres. Los rasgos del hombre recordaban a los de un anciano, pero era corpulento y caminaba con zancadas rápidas y decididas. Cada paso de sus recias y gastadas botas lo acercaba más y más al vecindario que dormitaba al fondo. Allí, lejos del rutilante centro de la ciudad, la oscuridad dominaba la cálida noche de verano. Mientras avanzaba, el hombre deslizaba una manaza por los negros barrotes de la verja.

Sus largas uñas repiqueteaban contra el antiguo hierro: *tic, tic, tic.*

Al otro lado de la verja, siguiendo la pendiente, se extendía un viejo cementerio. Los ojos negros como el carbón oteaban el terreno sembrado de musgo: sopesaban, recordaban. La práctica totalidad del camposanto estaba ocupada; llevaba así desde la Primera Guerra Mundial. Era un lugar de reposo. Sumido en un silencio sepulcral. *Tic, tic, tic.* El hombre retiró la mano. La verja había quedado atrás; acababa de alcanzar la zona habitada.

Se desplazaba con mayor sigilo ahora, como un gato que sale a cazar. Llegó a la altura del primer grupo de casas, pegadas las unas a las otras, sin luz en las ventanas. Instantes después vio un resplandor a lo lejos, movimiento. El más leve remedo de sonrisa asomó a sus labios agrietados por la muerte.

—¡Puaj, no te comas eso! —exclamó Bennie Kemp al tiempo que estiraba la correa de su perro—. ¡*Spitfire*! ¡*Spitfire*, no! ¡Muy mal!

El bulldog se volvió a mirar a su dueño y, a regañadientes, soltó el envoltorio de un caramelo.

De todas formas, estaba vacío, pensó el pequeño cerebro perruno.

—Haz tus necesidades y vámonos —le ordenó el dueño—. Qué lugar más tétrico…

Spitfire lo miró de hito en hito. Entendía un buen número de palabras —*comida, paseo, golosina*—, pero no aquellas.

Bennie echó un vistazo a su alrededor. Le sorprendía la soledad que reinaba en las calles de aquel pequeño vecindario. Había oído los rumores, claro que sí. Todo el mundo los conocía. Pero él se había criado entre historias que alababan el valor del pueblo inglés y la actitud de sus vecinos lo decepcionaba una pizca. *Cuatro desapariciones y el pueblo entero se encierra a cal y canto,* pensó. Apenas había prestado atención a las noticias relativas a una lluvia de sangre y otros sucesos misteriosos. Lo atribuía todo a un brote de psicosis colectiva promovido por los medios de comunicación.

—Menudas bobadas —le dijo a *Spitfire*, enfurruñado.

El perro ni siquiera se molestó en mirarlo esta vez. *Si me hablas, que sea para darme una golosina.* En lugar de volverse hacia su dueño, mantuvo el chato y húmedo hocico pegado al suelo, concentrado en su frenético olisqueo. Percibía el tufo de algo muerto allí cerca y quería dar con ello. Ahora, era el perro el que tiraba del dueño. Podía ser cualquier cosa: una ardilla, una paloma, un gato. ¡Ay, ojalá fuera un gato! Arrastró a su amo hacia el olor.

Bennie seguía a su patoso guía del charco de luz que proyectaba una farola al siguiente cuando vio a un hombre. *Es un hombre, ¿verdad?*, pensó. Profundas arrugas surcaban el rostro, pero su cuerpo parecía fuerte y recio. La combinación de ambas características le trajo a la mente esas estatuas que se ven en los parques. La vestimenta del hombre, también. Parecía un explorador de la época colonial. *Va vestido para un clima caluroso. La India o África,* consideró Bennie.

—¿Todo bien? —le dijo—. Me ha asustado.

Spitfire despegó por fin el hocico de la acera. *Vaya, acabo de dar con el animal muerto que andaba buscando,* pensó. *Pero no entiendo nada.*

El hombre exhaló despacio, con dificultad —aire que discurre por conductos dañados, como el gorgoteo de una vieja cañería— y alzó la vista. Fue entonces cuando Bennie le vio la piel con claridad. Incluso a la débil luz de las farolas, advirtió que se trataba de un pellejo horriblemente irregular, excesivamente correoso en algunas zonas, demasiado fláccido en otras. Y entonces le vio los ojos.

Oh, Dios mío, los ojos…

Un grito taladró la noche, seguido de unos ladridos rápidos, secos. Un gañido final y las calles volvieron a sumirse en la quietud. A su alrededor, las casas guardaban silencio también. Una lamparilla de noche se encendió y se apagó rápidamente. Las demás ventanas permanecieron a oscuras. Los vecinos se quedaron en sus camas y se ciñeron las mantas un poco más.

De manera que nadie vio la imponente figura de un hombre que, a las afueras del pueblo, arrastraba el cuerpo exangüe de otro en dirección a la oscuridad ascendente de la calle Swain.

El resto de la noche transcurrió sin incidentes. Los ojos soñolientos volvieron a cerrarse, las mentes atribuladas disfrutaron de unas cuantas horas de descanso, y un bulldog asustado se acurrucó contra una puerta cerrada. Para el solitario dueño del perro, en cambio, el horror aún no había terminado.

A primera hora del día siguiente, en un lugar resguardado de los primeros rayos de sol, comenzó un antiguo ritual. Tras una noche de sueño intranquilo y pesadillas, el rumor de la lluvia que golpeteaba los tejados, que salpicaba el alféizar de las ventanas, despertó a los vecinos. Si algo conocen los ingleses es el repiqueteo de la lluvia contra sus casas. Y, a juzgar por el sonido, aquellas gotas eran demasiado densas para ser de agua.

Vuelo nocturno

El gran avión de pasajeros surcaba la noche y Álex Sennefer, sentado en la oscura cabina, pensaba en los muertos y en los desaparecidos. Los muertos: el Caminante de la Muerte que había enviado de vuelta a la tumba, allá en Nueva York; y aquel otro a cuyo encuentro, con toda probabilidad, se dirigían. Los desaparecidos: su madre.

El avión aterrizaría en Londres a primera hora de la mañana. Ahora mismo sobrevolaba alguna zona del inmenso y frío océano Atlántico. Álex tamborileó con los dedos en su muslo, impaciente por llegar, por emprender la búsqueda. Se volvió a mirar a su mejor amiga, Renata Duran. Ren dormía como un tronco en el asiento de la ventanilla. Estaba acurrucada de lado, contra el barato cojín de viaje de la aerolínea que había apoyado contra la pared. Tenía los ojos cerrados y la boca entreabierta, los labios casi rozando la ventanilla. Álex miró al otro lado del cristal, pero solo vio la luz de la luna y la telaraña de escarcha que dibujaban los treinta grados bajo cero del exterior. *¿Cómo es posible que esté durmiendo tan tranquila, con todo lo que está pasando?*, se preguntó para sus adentros. Pese a todo, era consciente de que a él también le vendría bien descansar.

Lanzó una última ojeada al pasillo que conducía a la primera clase, donde su primo Luke se habría dormido también, estaba seguro. Su primo no era de esos chicos que se quedan despiertos devanándose los sesos. Y, francamente, tampoco era de los que se devanan los sesos durante el día. En teoría, se dirigía a Londres para participar en unos campamentos para atletas de élite, pero él estaba convencido de que también le habían encargado que lo vigilara en nombre de la familia.

De lo que queda de la familia, pensó.

Recogió su almohada del suelo, se la encajó detrás de la cabeza y cerró los ojos. Se forzó a respirar lenta, profundamente. En la desatendida región que separa la vigilia del sueño, un recuerdo de su madre se coló en su pensamiento. Toda la clase de Álex había sido invitada a una fiesta de cumpleaños, lo que explicaba que también lo hubieran invitado a él. Sucedió hacia el final, cuando faltaba al colegio tan a menudo como asistía. Y, como era de esperar, el día de la fiesta se encontraba demasiado mal para acudir. Su madre le compró helado y se sentó a su lado mientras él se retorcía de dolor en el sofá. Álex no pudo pasar de la primera cucharada, pero ella apuró el cuenco y fingió que lo habían compartido. «Gracias por el helado —le dijo Álex—. Estaba rico.» Su madre le acarició el cabello y las arrugas de preocupación que le cercaban los ojos se tornaron más profundas cuando sonrió.

Pero el sueño llegó por fin y perdió a su madre de nuevo. En su lugar, una pesadilla. Álex estaba otra vez en el sepulcro del Hombre Aguijoneado, improvisado en una estación de metro abandonada y amueblado con objetos de lujo robados. Un gran escorpión negro salía a rastras por debajo de una alfombra, al mismo tiempo que una sombra negra se proyectaba sobre esta. Al alzar la vista, lo vio: el Hombre Aguijoneado, con su rostro abotargado por antiguas picaduras y las vestiduras impregnadas del tufo de la podredumbre. El hombre levantó el brazo izquierdo, en cuyo extremo no había una mano, sino un inmenso aguijón de escorpión. La espinosa punta tenía el tamaño de un cuchillo de trinchar. El aguijón salió disparado…

Álex se despertó sobresaltado. Se incorporó tan deprisa que estuvo a punto de golpearse la frente contra la pequeña pantalla de televisión encajada en el respaldo del asiento delantero. *Eso te pasa por echarte una cabezadita*, pensó. Miró a su alrededor. El problema era el avión, aquella cabina alargada y oscura. Se parecía demasiado a los sarcófagos del Museo Metropolitano de Arte de Nueva York, donde su madre trabajaba como conservadora antes de su desaparición.

Sintiéndose cansado y nervioso a un tiempo, miró la pequeña pantalla. La televisión le ayudaría a distraerse.

Echó un vistazo a un lado y a otro para asegurarse de que nadie lo estaba observando. El hombre de negocios que ocupaba el asiento del pasillo dormía a pierna suelta con la barbilla pegada al pecho y un hilo de baba en el mentón. Álex hundió la mano en el cuello de su polo azul y sacó un amuleto. Era una piedra pulida con un engarce de delicado cobre. La piedra estaba tallada en forma de escarabeo, símbolo de renacimiento en el Antiguo Egipto. Había pertenecido a su madre y ahora, por lo que parecía, era suya.

Álex aún no estaba al tanto de todos los poderes de aquella reliquia, pero una cosa sí sabía: aunque había sido fabricado en un lugar y un tiempo en que construir pirámides de piedra se consideraba lo más avanzado de la tecnología, el amuleto constituía un fantástico mando a distancia. Rodeó el escarabajo de piedra con la mano y notó la misma corriente que lo recorría cada vez que lo utilizaba. El pulso se le aceleró y su mente se concentró al máximo; se sentía como un piloto al volante de un coche de carreras, en plena curva.

La pequeña pantalla cobró vida. Álex seleccionó PELÍCULAS, no con los dedos, sino con los ojos, y procedió a revisar las distintas opciones.

—¿Qué estás viendo?

Álex dio un respingo.

—Debe de ser una película de miedo —bromeó Ren, al tiempo que le propinaba un toque en el hombro.

—Serás… No está bien pegar esos sustos —dijo Álex en voz baja para no despertar al grueso ejecutivo.

—Y tú no deberías quedarte en babia cuando estás usando tu juguetito —replicó Ren.

Álex bajó la vista hacia el escarabeo. Su amiga no hablaba en serio, y lo sabía. Aquello no era un juguete. Ya les había salvado la vida a ambos en una ocasión. Volvió a esconderlo debajo de la camiseta.

Ren alargó la mano para palpar la pantalla que tenía delante. Al instante apareció la ruta de vuelo. Álex la vio observar el mapa y fijarse en las cifras indicadas a un lado. Volaban en una compañía inglesa, de modo que las distancias estaban expresadas en millas.

La vio entornar los ojos, fruncir el ceño. Cuando se concentraba, una profunda línea le surcaba el entrecejo. Álex consideraba ese ceño el botón de ENCENDIDO de un ordenador de ojos castaños.

—Estás pasando las millas a kilómetros, ¿verdad? —preguntó.

—Sí —repuso ella—. Es muy fácil.

—¿Ah, sí? —se burló Álex. La conocía demasiado bien como para creerla. Ren no era la clásica lumbrera que no precisa esforzarse; ella se dejaba la piel si hacía falta hasta dar con la solución a un problema.

—¿A qué equivalen 1.500 millas? —preguntó, no sin antes mirar la pantalla.

—A unos 2.389 kilómetros —respondió ella—. Quizás un poco más.

Álex no puso en duda sus cálculos. El padre de Ren ostentaba el cargo de ingeniero jefe del Museo Metropolitano, y de tal palo tal astilla. Si bien la astilla, en este caso, era muy pequeñita. Ren tenía doce años, igual que él, pero no medía más de un metro cuarenta. Desde su asiento, no solo tenía que volverse para mirarlo a él, sino también alzar la vista.

Los chicos oyeron un movimiento en el asiento contiguo. El ejecutivo se había levantado y ahora miraba por encima del hombro para comprobar si el aseo estaba libre. Álex se volvió hacia Ren.

—¿Quieres ver una peli?

Pero Ren tenía los ojos clavados en el ejecutivo.

—Repasemos el plan mientras está en el baño —dijo en cuanto el hombre se alejó por el pasillo.

Álex puso los ojos en blanco.

—¿Qué pasa? —preguntó Ren.

—Da igual —repuso Álex, pero decidió soltarlo de todos modos—. ¿De qué sirve repasar el plan estando aquí arriba? Tenemos que esperar a aterrizar y entonces emprender la búsqueda.

—¡Pero antes de hacer nada deberíamos tener claros los pasos que vamos a seguir! —replicó ella.

Álex estuvo a punto de volver a poner los ojos en blanco. Esa reacción era típica de Ren. Lo que los otros niños solían decir de su amiga cruzó por su pensamiento: «Ren todo lo hace bien. Ren, planes cien. Ren, la superempollona…»

—Entonces, ¿no hay película?

Ella volvió a negar con la cabeza.

—*Esto es importante*, Álex.

El chico echó un último vistazo a la pantalla y suspiró con

pesar. Ya habían discutido todo eso antes de partir, pero sabía que ella no daría su brazo a torcer.

—Muy bien.

Ren oyó el suspiro, pero hizo caso omiso. Era consciente de que a su amigo no le gustaba hacer planes. Incluso lo entendía, más o menos. Durante buena parte de su vida, Álex había considerado los planes una pérdida de tiempo a causa de su impredecible enfermedad. Sin embargo, ahora se encontraba mejor y aquello era importante. Los Conjuros Perdidos que la madre de Álex había empleado para evitar la muerte de su hijo habían resucitado a otros seres también: los Caminantes de la Muerte. Y, si él y ella estaban en lo cierto, el segundo Caminante se encontraba en Londres.

Ahora que lo pensaba, estaba experimentando el mismo pánico que la asaltaba cuando tenía que presentarse a un examen. El miedo se le agolpaba en el estómago hasta tal punto de que casi podía notar su sabor. En esos casos, *se preguntaba si habría estudiado lo suficiente, si estaría a la altura de sus compañeros de clase o si podría llevarles una buena nota a sus brillantes padres.* Tragó saliva con dificultad, consciente de que ahora mismo se jugaba mucho más. Las preguntas eran otras. ¿Estaba lista? ¿Sería capaz de enfrentarse a los peligros que les aguardaban? ¿Regresaría a casa siquiera?

—Vale —dijo. Se echó hacia delante y bajó la voz. Empezó por lo que ya sabía. Eso siempre la tranquilizaba—. El Hombre Aguijoneado procedía del museo. Es lo más lógico porque, ¿dónde si no puede haber un antiguo egipcio momificado? Y nos hizo falta tu amuleto del escarabeo y el conjuro (el conjuro *apropiado*) del Libro de los Muertos para devolverlo a su lugar de procedencia. Esto último también procedía del museo.

Se interrumpió por si Álex deseaba comentar algo, pero el chico se limitó a responder:

—Obviamente.

Ella lo miró enfadada. Su amigo permanecía impertérrito. Para colmo, hacía tamborilear los dedos en el muslo de un modo que la estaba sacando de quicio. *¿Qué parte de la premisa de que un espíritu malvado a las puertas de la otra vida haya escapado a la primera de cambio le parece obvia?* —pensó—. *¿Desde cuándo?*

Ren prosiguió:

—Y en todo el mundo empezaron a producirse sucesos extraños en el mismo instante en que los Conjuros fueron utilizados. Por eso, hace ya un tiempo que en Londres están pasando cosas raras.

Álex se despabiló y, por fin, miró a Ren a los ojos.

—El segundo Caminante lleva despierto más tiempo que el primero.

—Sí —replicó Ren—. ¿Y?

Sin embargo, él le estaba dando vueltas a la idea en la cabeza, así que se limitó a repetir las dos últimas palabras:

—Más tiempo…

No había prestado atención a su amiga, pero acababa de reparar en un detalle. Algo importante. Ren no soportaba que la ignorasen. Le entraron ganas de gritar: «¿QUÉ?», pero no quería que la tomara por tonta. Eso le molestaba aún más, si cabe.

—Sea como sea —repuso—, lo principal es el Caminante de la Muerte.

Álex la miró de hito en hito.

—¡Lo principal es mi madre!

—Sí —reconoció Ren—, pero ni siquiera sabemos si está en Londres.

—Está —afirmó Álex.

—Vale, pero…

—Sí, sí, sí —la interrumpió él, sin molestarse en disimular su impaciencia—. Sabemos que La Orden está confabulada con los Caminantes de la Muerte. Y sabemos que La Orden tiene a mi madre, así que, si los encontramos, daremos con ella.

Ren no discutió. Estaban prácticamente seguros de que la antigua secta que rendía culto a la muerte se había llevado a la madre de Álex junto con los Conjuros Perdidos. Pero estar *casi seguro* no equivale a *saberlo a ciencia cierta*; y le gustaría que Álex dejara de hacer ese ruidito.

—Sea como sea —prosiguió ella mirando de reojo los irritantes dedos de su amigo—, deberíamos empezar por averiguar quién (o qué, supongo) es el Caminante de la Muerte ese, y…

—Apenas lleguemos a Londres tenemos que empezar la búsqueda —la cortó Álex.

Ella se disponía a replicar, pero su amigo volvió a interrumpirla.

—¿Vale? —preguntó—. Y no hay más que hablar.

—Vale —respondió Ren, y volvió a reclinarse en el asiento—. Pero deja de hacer eso con los dedos. Me estás poniendo de los nervios.

Ambos asientos se sacudieron cuando el grueso hombre de negocios se desplomó en su butaca. Si acaso la conversación no había concluido antes, ahora la dieron por zanjada.

Álex siguió buscando una película y Ren volvió la vista a la ventanilla para contemplar en silencio la luz rojiza del amanecer. Volvería a repasarlo todo, para sus adentros.

Aterrizaje de emergencia

Antes de que la película de Álex terminara en la fila 22, otro drama se estaba gestando en la cabina de pilotaje.

—No me gusta el aspecto de esas nubes —comentó el copiloto.

El comandante les echó un vistazo y enseguida volvió a mirar para asegurarse de que había visto bien. Desplazó la vista a la pantalla del radar.

—Hace un minuto no estaban ahí —se extrañó el comandante Martin Hadley. Era uno de los pilotos con más experiencia de la compañía, pero cuando vio aquellas nubes que se movían despacio en sentido contrario a las demás, tuvo el presentimiento de que se enfrentaba a algo totalmente desconocido.

El copiloto tragó saliva con fuerza. Estaba nervioso por todo lo contrario: tenía muy poca experiencia. Ambos observaban la pequeña pantalla con atención cuando la voz del controlador aéreo sonó en la radio de la cabina. Allí en la torre estaban viendo lo mismo.

—¿Qué es eso? —preguntó el comandante Hadley.

Durante unos instantes, no hubo respuesta. Por fin:

—*Tome nota, vuelo 768…* —La voz habló en un tono seguro y

profesional al principio, pero pronto zozobró ante sus propias palabras—. *No tenemos ni la más remota idea de lo que es... y están volando directamente a su encuentro.*

El copiloto se aflojó el cuello de su almidonada camisa blanca. El comandante se santiguó:

—¿Nos desviamos? —preguntó por el micro. Echó un vistazo al indicador de combustible, llevó a cabo unos cálculos rápidos. ¿Cuánto tiempo podían volar en círculo? ¿Había algún aeropuerto cerca en el que pudieran aterrizar?

Otro silencio en la torre de control. Luego:

—*Negativo. Es pequeño, reduzcan la velocidad. Procedan al aterrizaje.*

—Roger —asintió el comandante.

—Es pequeño, ¿no? —repitió el copiloto, solo por tranquilizarse.

—Supongo —repuso Hadley, que ahora escudriñaba la luz rosada del alba en el horizonte—. Pero ¿qué es?

Una hora después, mientras descendían entre una suave lluvia para iniciar el aterrizaje, lo averiguaron.

Gruesas gotas de una sustancia roja se estrellaron contra el cristal de la cabina, que se tiñó de rosa cuando el líquido se mezcló con la lluvia y el viento. Los motores fallaron al entrar en contacto con el denso elemento y el gran aparato se encabritó como un caballo asustado. El comandante forcejeó con la palanca de mando, sus nudillos cada vez más pálidos según el parabrisas se iba tornando encarnado.

—¡Asciende! ¡Asciende! —gritó el copiloto, pero Hadley no le hizo caso. Ya no podía, era demasiado tarde. Iban a aterrizar, para bien o para mal.

—*Como precaución a causa de las condiciones extremas, tenemos que pedirles que se preparen para un posible aterrizaje de emergencia.*

El anuncio resonó en la cabina y se coló en los auriculares de los pasajeros. Un estruendo se apoderó del avión cuando la gente empezó a gritar preguntas y cien conversaciones angustiadas estallaron a un tiempo. El comandante volvió a tomar la palabra, ahogando momentáneamente todo lo demás:

—*Por favor, abróchense los cinturones y bajen las persianas de las ventanillas.*

Es probable que Ren fuera la única que había prestado atención cuando, justo antes de despegar, las azafatas habían detallado el procedimiento que debían seguir en caso de emergencia. Sin embargo, le costaba recordar las instrucciones ahora que los latidos de su corazón desbocado resonaban en sus oídos. Cuando alargó la mano para bajar la persiana de plástico, atisbó una vez más la luz rosada de la mañana.

Miró a Álex.

—¡Esto tiene mala pinta! —gritó por encima de las frenéticas voces que se alzaban en la cabina.

Álex se volvió hacia ella y asintió sin pronunciar palabra. Su mirada aterrada y el lento movimiento de su cabeza hablaron por él.

El avión volvió a encabritarse y la azafata, que intentaba mostrar a los pasajeros la posición de emergencia, se estrelló contra el respaldo. Media docena de pasajeros chilló igual que si acabara de presenciar un asesinato.

Los demás, resignados a capear el temporal con la cabeza entre las rodillas fuera cual fuera el resultado, ya habían obedecido. El corpulento ejecutivo que compartía fila con los dos amigos seguía erguido en el asiento. Ahora estaba hiperventilando con unos gañidos agudos y extraños.

—Será mejor que obedezcamos, ¿no? —gritó Álex. La voz se le quebró al final de la frase, delatando así el miedo que sentía.

Imitando la posición de emergencia, se llevó ambos puños a las orejas y agachó la cabeza.

Ren experimentó una necesidad repentina y urgente de saber a qué distancia estaban del suelo. Cuando levantó una pizca la persiana, se dio cuenta, como si se viera a sí misma de lejos, de que le temblaban las manos. Por el hueco de tres centímetros, vio líneas rojas contra el fondo rosa.

—Oh, por favor, no —musitó. El débil quejido quedó ahogado por los gritos que la rodeaban, pero Álex se había percatado de su reacción. Tal como ella alargaba la mano y abría del todo la cortina, miró al otro lado de la ventanilla.

Ambos podían verlo ahora. La luz de la mañana era demasiado roja; y demasiado oscura. Dos largos sarmientos encarnados serpenteaban por el cristal.

Habían oído hablar de aquello: la lluvia roja de Londres. Algunas personas afirmaban que se trataba de sangre; otras lo negaban en redondo. Al final, el fenómeno siempre acababa por convertirse en una lluvia normal y corriente; entonces, las pocas muestras que la gente había recogido se transformaban en agua también.

Ren sabía que la magia era escurridiza.

¡BOOOM!

Un estallido semejante a un cañonazo rugió en el enorme motor del ala opuesta. Al avión no le gustaba ni un pelo lo que fuera que estuviera cayendo en el exterior. Los motores de ambas alas empezaron a gruñir y a sacudirse. En la cabina resonó un terrible gemido, como un gigante agonizando.

—¡No podemos aterrizar en esta cosa! —gritó Álex.

Ren miró hacia abajo. Ahora veía la tierra entre la bruma roja. Los tejados desfilaban a toda velocidad, como una ciudad en miniatura. Las casas quedaron atrás. El aeropuerto estaba allí mismo, la pista roja y brillante…

—¡Estamos a punto! —respondió chillando.

Sonó un comunicado final, a gritos y amplificado, pero apenas audible entre la conmoción.

—*¡Adopten las posiciones de emergencia!*

La cabeza de Ren era un caos de miedo y confusión cuando la enterró en su propio regazo.

¿Qué estaba cayendo ahí fuera?

¿Se convertiría en lluvia normal?

El avión se agitaba con tanta violencia que parecía a punto de estallar en pedazos.

¿Sería demasiado tarde cuando lo hiciera?

Entrelazó los dedos detrás de la cabeza, visualizó a sus padres y se preparó para el impacto.

El tren de aterrizaje estaba bajando. Se acercaba la hora de la verdad. El comandante Hadley observó la escena que se desplegaba ante él. El viento azotaba la lluvia roja al otro lado del parabrisas, pero él solo tenía ojos para la pista; ni siquiera parpadeaba. Las líneas blancas se habían tornado encarnadas, las luces brillaban en rojo también, pero la visibilidad no era demasiado mala, pensó.

—¿Qué es? —gritó por la radio. No lo preguntaba únicamente por curiosidad. Si solo se trataba de lluvia roja, no había peligro. Había aterrizado en mitad de un chaparrón más veces de las que podía recordar. Pero si era lo que parecía…

—*Fenómeno meteorológico no identificado* —fue la respuesta.

El copiloto escupió su propia réplica.

—No identificado, ya te…

—¡Ahora no! —lo reprendió Hadley—. ¡Los ojos en el panel de control!

El avión se posó con un fuerte golpe. Un desagradable zumbido inundó los oídos de los pilotos cuando las ruedas rozaron el asfalto y surcaron aquel río rojo. La velocidad, la fuerza y el peso evaporarían el agua, eliminándola así de la ecuación, el comandante lo sabía. Pero aquella sustancia parecía más espesa y pegajosa.

Las ruedas gemían a lo largo de la pista y el avión empezó a virar. El comandante Hadley notó un desagradable hueco en el estómago cuando comprendió que el aparato estaba patinando.

Echó un último vistazo a su copiloto. Acurrucado en la postura de emergencia, el hombre gritaba contra sus propias rodillas. Así pues, Hadley estaba solo; solo y a cargo de cientos de vidas. Soltó un largo y lento suspiro.

Llevaba la insignia en la solapa y suya era la responsabilidad.

En lugar de agarrar la palanca de mando con fuerza, se obligó a sostenerla con suavidad según el avión iba virando a un lado. *Fuérzala y acabarás bocabajo*, se dijo. En lugar de entornar los ojos, los abrió. *Mira. Observa.*

Tomó aire. Pensó.

No pienses que es agua. Piensa que es barro.

El rumbo del enorme aparato se corrigió, el morro empezó a enderezarse ligeramente. Todavía demasiado torcido, todavía girado hacia el borde de la pista, pero más despacio con cada metro que dejaban atrás.

El comandante conservó la calma. Recordó lo que había aprendido durante la instrucción y, contra toda probabilidad, guió al gran pájaro a su nido. Entonces se detuvo, levemente escorado y a un tiro de piedra del filo de la carretera.

Sano y salvo.

Bienvenidos a Londres

Cuando Álex y Ren recorrieron la manga que unía el avión con el edificio del aeropuerto, las rodillas apenas los sostenían. En cuanto llegaron a la terminal, vieron a Luke a lo lejos, entre el gentío de pasajeros y personal de vuelo. Álex miró a través de los ventanales la lluvia que caía. Solo era agua. Se había transformado durante el lento desplazamiento del avión hasta la puerta. En el exterior, el chaparrón borraba las últimas trazas rosadas de su odisea.

Le dolía la cabeza y tenía los nervios de punta. Dio un pequeño respingo cuando un altavoz cobró vida por encima de él. Una animada voz femenina.

—*El vuelo 768 procedente de Nueva York está desembarcando.* —Los conmocionados pasajeros se detuvieron a escuchar. ¿Les darían alguna explicación?—. *¡Bienvenidos a Londres!* —concluyó la voz en tono alegre.

Álex se volvió a mirar a Ren y ambos sacudieron la cabeza con incredulidad. Aunque los sucesos extraños se multiplicaban desde hacía varias semanas, el mundo de los vivos aún se negaba a aceptar la verdad. Ren fue la primera en desviar la vista. Él se preguntó si una parte de ella también se negaba a admitir la realidad.

Se encaminaron a buscar a Luke, pero lo encontraron charlando con un hombre que llevaba el uniforme de la compañía.

—Y por supuesto nos preocupa particularmente que este inesperado contratiempo haya supuesto alguna molestia para nuestros pasajeros de primera clase —lo enjabonó el empleado con afectado acento británico.

—Tranqui, colega —replicó Luke—. Me he pasado casi todo el rato durmiendo.

El hombre esbozó una sonrisa educada, un tanto perplejo.

—¿Estaba… durmiendo?

—¿Qué ha pasado ahí arriba? —intervino Ren.

El hombre se volvió a mirarla y se atusó la americana roja.

—Era sangre, ¿verdad? —preguntó Álex.

Ahora el empleado se volvió a mirar a Luke con cara de estar diciendo: *¿Usted conoce a estos dos?*

Él se encogió de hombros.

—Es mi primo. Viajaban en turista.

El otro asintió brevemente. *Eso lo explica todo.*

—Creemos que eran algas —repuso sin mucha convicción.

—¿Algas? —exclamó Álex—. ¿En serio?

—Sí —asintió el hombre con dignidad—. Una condensación de algas en la estratosfera. Es muy frecuente en la mar.

—En el mar —lo corrigió Ren.

El empleado bajó la vista para mirarla, pero la desvió al momento, tan raudo como un perro al que hubieran pillado robando comida de la mesa. Un australiano grandote que andaba por allí cerca intervino:

—¿Algas? ¡Y un cuerno!

—Venga, vámonos —dijo Álex. Sabía que el alto portavoz de rojo nos les iba a proporcionar ninguna información fiable.

Ren asintió y Luke los acompañó. Dejaron a los dos hombres

discutiendo si el fenómeno se debía a una condensación de algas o de sangre en la estratosfera.

Álex se volvió a mirar a su primo. Luke le llevaba un año y medio, era quince centímetros más alto e infinitamente más musculoso.

—¿De verdad te has pasado todo el rato durmiendo?

—Casi todo. —Luke se encogió de hombros—. El entrenamiento de ayer fue brutal. Estaba hecho polvo. Lástima que me haya perdido las algas.

Álex lo miró boquiabierto.

—¿De verdad piensas que esa lluvia eran algas rojas?

—Es lo que ha dicho aquel hombre —repuso Luke.

Álex buscó los ojos de Ren, pensando que se mostraría tan escandalizada como él.

—Bueno —dijo ella—. He oído que, a veces, hay nubes en forma de embudo que absorben las ranas y tal, y luego las dejan caer en la tierra. Puede que…

Álex negó con la cabeza. Ya suponía que la compañía negaría lo evidente, pero no esperaba lo mismo de sus amigos. Se encaminaron al control de pasaportes. Un gran cartel próximo a la entrada anunciaba: FRONTERA DEL REINO UNIDO.

—Es guay que haya una frontera dentro de un edificio —comentó Luke—, pero supongo que es normal que haya un edificio en la frontera, así que…

Dejó la frase en suspenso y una sonrisa bailó en los labios de Álex. Espía de la familia o no, a veces se partía de risa con su primo.

—Mirad qué colas —señaló Ren.

Álex las observó.

—No son muy largas.

—Precisamente —asintió su amiga, a la vez que le agitaba una guía de Londres ante las narices—. Este libro dice que por lo general son interminables: «Llévate un tentempié para el vuelo internacional y otro para hacer cola en el control de pasaportes».

—Sucede así porque nadie es tan tonto como para venir a Inglaterra ahora mismo —dijo una voz a espaldas de los chicos.

Cuando se volvieron, los tres amigos vieron a una pareja de cierta edad. El hombre que había hablado llevaba un chaleco de punto y exhibía una sonrisa amistosa.

—Sin ánimo de ofender —añadió.

—¿Por las algas? —preguntó Luke.

Tanto el hombre como la mujer lo miraron con una expresión de infinita paciencia que rozaba la compasión.

—No solo por eso —respondió el hombre—. Se han profanado tumbas, ha desaparecido gente…

—Sí, algo de eso hemos oído —empezó a decir Álex al tiempo que se señalaba a sí mismo y a Ren con el pulgar, un gesto que excluía a Luke.

Se disponía a seguir hablando, pero el rostro del hombre se ensombreció y la sonrisa desapareció de su rostro.

—Nuestro… —balbuceó—. Nuestro sobrino, Robbie…

La mujer propinó unas palmaditas de consuelo a su marido y tomó la palabra.

—Nuestro sobrino ha desaparecido. Vive con mi hermana en la calle Swain. No creemos que lo hayan… que le haya pasado lo mismo que a los demás. Es un torbellino, y seguramente anda por ahí en busca de aventuras.

Ahora fue Álex el que tuvo que hacer esfuerzos para no lanzarle una mirada compasiva. Antes de que su madre recurriera a los hechizos, había pasado casi toda la vida enfermo de una afección incurable. Sabía mejor que nadie lo que es hacer de tripas corazón, fingir que las cosas son mejores de como son en realidad.

—¿Y han venido a echar una mano?

—¡A colaborar en la búsqueda! —asintió el hombre, insuflando a su voz una inyección de alegría—. ¡Saldremos ahí fuera y pondremos la ciudad patas arriba si hace falta!

Álex nunca había oído esa expresión, pero le gustó. Él también estaba ahí para eso.

—¿Y dónde están vuestros padres, por cierto? —preguntó la mujer al tiempo que miraba la poca cola que los precedía. Con el cabello recogido en un moño y un vestido de estampado floral, se parecía más a la clásica tía que Álex hubiera visto jamás.

Luke se dispuso a responder, pero Ren se le adelantó.

—¡Están esperando que los llame!

—Ah, muy bien —comentó la mujer—. ¿Os vendrán a buscar?

Álex y Ren se limitaron a sonreír. La mujer estudió rápidamente al grupo con la mirada: tres tonalidades distintas de pelo, tres diferentes tonos de piel. Álex, que era medio egipcio, tenía el cabello negro y abundante, la piel oscura; Luke tenía todo el aspecto de un minivikingo; y Ren, castaña, de ojos marrones y bajita, estaba a medio camino entre los dos.

—Bueno —dijo la mujer a la vez que sacaba algo del bolso—. Si por casualidad veis a Robbie, en un parque, en una hamburguesería o en algún sitio por el estilo…

Aun antes de que desplegara el papel, Álex supo que sería la clásica hoja con el rostro de una persona desaparecida que imprime la gente para repartir por ahí. Cuando la tuvo delante le dio un vuelco el corazón. En la fotografía a color del centro aparecía el semblante de un crío colorado y sonriente. Sostenía un trofeo coronado por un balón de fútbol, premio al tercer clasificado. En un primer momento, se fijó en los ojos azules y en el cabello castaño claro. Entonces se percató de que el chico tenía una ceja más alta que la otra, un rasgo que otorgaba a su rostro una ligera asimetría. Parecía uno de esos chicos sanotes y normales que él siempre había querido ser.

Miró a la mujer, convencido de dos cosas: de que reconocería a ese chaval si alguna vez lo tenía delante. y de que nunca lo vería. No con vida, cuando menos. La mujer empujó el papel hacia Álex, pero él retrocedió sin poder evitarlo.

Ren dio un paso adelante y lo tomó.

—Estaremos atentos —prometió. Le lanzó a su amigo una mirada de reproche cuando se volvió para guardarlo en la bandolera.

Álex clavó la vista en las baldosas del suelo e intentó recobrar la compostura. Muerte, magia, maldad… Todo aquello que creían haber enterrado en Nueva York les estaba esperando en Londres. El chico desaparecido acababa de poner rostro a un pensamiento que lo asaltaba de vez en cuando: *¿Todo esto es culpa mía, igual que lo sucedido en Nueva York? Mi presencia aquí… ¿sirve de ayuda o solo empeora las cosas?*

Se volvió a mirar a Ren, pero ella estaba ocupada preparando el pasaporte y la declaración de aduana. Habían llegado al principio de la cola.

Álex le tendió el pasaporte al agente de aduanas. El hombre se inclinó hacia delante, buscando algún adulto con la mirada.

—¿Has venido solo, pues? —preguntó al tiempo que se sentaba y miraba el pasaporte por encima.

—Con ella —repuso Álex señalando a Ren, que estaba en la fila contigua.

El hombre frunció el ceño.

—¿Motivo de la visita?

Álex recitó de carrerilla la respuesta que llevaba preparada: que el doctor Ernst Todtman, del Museo Metropolitano de Nueva York, los enviaba para que hicieran unas prácticas con la doctora Priya Aditi del Museo Británico.

—¿Qué clase de doctores son? —quiso saber el agente.

—Egiptólogos.

El hombre lo observó atentamente, en silencio, y luego, por fin, sonrió de oreja a oreja.

—¿A quién se le ocurriría inventar semejante historia? —preguntó, y le devolvió el pasaporte—. Bienvenido al Reino Unido.

Salvado el obstáculo, Álex se reunió con sus dos amigos, que lo esperaban al otro lado.

—Acabamos de cruzar la frontera —dijo Luke, como si no se lo acabara de creer.

—Ahora eres un atleta internacional —comentó Álex.

—¡Sí! —exclamó Luke al tiempo que hinchaba el pecho, ya ancho de por sí, mientras los tres se internaban en un aeropuerto en plena crisis.

Las largas colas que esperaban encontrar para entrar en el país se extendían en sentido contrario, filas y filas de gente que intentaba desesperadamente abandonar la ciudad. Los cordones de seguridad zigzagueaban adelante y atrás, muy cerca de las puertas automáticas. Los paneles electrónicos anunciaban retrasos y cancelaciones provocados por la misteriosa borrasca. Voces alzadas y llantos infantiles rebotaban en los altos techos de la terminal.

Ren se sacó un modesto fajo de libras del bolsillo y se detuvo ante un quiosco de aeropuerto. Álex se quedó mirando aquellas golosinas desconocidas —Aero, Wispa, Double Decker— mientras ella compraba el diario que le había llamado la atención.

Se lo tendió, para que leyera por sí mismo el enorme titular de la primera página: «ROBO REAL: han desaparecido varias joyas de la Corona». Debajo, en un cuerpo de letra ligeramente inferior: «Una docena de piezas únicas han sido robadas de la Torre de Londres». La fotografía de una enorme corona con piedras preciosas engastadas ilustra la fotografía.

Algunas frases que conocía de sobra captaron la atención de Álex según leía por encima la noticia: «sistemas de apertura retardada desactivados... las alarmas no sonaron... cámaras vueltas hacia la pared». Las mismas que aparecieron publicadas el día que los Hechizos Perdidos fueron robados del Museo Metropolitano. El día que los Hechizos fueron robados y su madre desapareció.

Pasó la página y se quedó sin aliento. Tenía delante el primerísimo primer plano de una mano captada en pleno acto de inutilizar la cámara. La mano llevaba un prieto vendaje de lino. Entonces comprendió al instante que estaba viendo la mano de una momia. Pero nunca había visto un vendaje de momia tan limpio como aquel...

Dejó abierto el diario para mostrarle la imagen a Ren. Ella asintió. *¿Estará pensando lo mismo que yo?* Quiso preguntar, pero...

—A ver quién le echa *mano* a ese tipo, ¿eh? —bromeó Luke, que se había inclinado para ver la imagen por sí mismo—. ¡Ahí no van a encontrar huellas dactilares!

Los otros dos ignoraron el chiste y se interrogaron mutuamente con la mirada. Luke se percató de que algo raro pasaba.

—Si no os conociera, pensaría que estoy de más —observó.

—Qué tontería —protestó Álex, mientras Ren recuperaba el diario y se lo guardaba en la bandolera.

—Bueno, no os preocupéis, colegas —repuso el otro—. Dentro de un momento me perderéis de vista. Señaló el cartel que indicaba METRO junto al logo de un tren estilizado—. Tengo que coger el metro al campamento.

De camino a la salida, pasaron a recoger el equipaje. Ren retiró como pudo una maleta con ruedas perfectamente empacada. Álex pescó de la cinta una pesada maleta de piel y la dejó caer al suelo con un gruñido. Luke, por su parte, izó una gran bolsa de deporte como quien coge una barra de caramelos. Y eso que nunca comía barras de caramelo.

A continuación, cada cual arrastró, cargó o llevó su equipaje camino de la salida. Durante la primera parte del trayecto, las señales del metro y de los transportes terrestres indicaban una misma ruta, pero finalmente las flechas señalaron en direcciones opuestas.

—¿Dónde habéis dicho que os alojáis? —preguntó Luke con el teléfono en la mano, listo para anotar la información—. Se supone que debo echar... o sea, sería guay que quedáramos para vernos.

Álex y Ren intercambiaron una mirada rápida.

—Hum, bueno —titubeó Álex.

—¿Humbueno? —dijo Luke—. ¿Qué es? ¿Un hotel?

Álex no estaba seguro de si su primo hablaba en broma o en serio.

—¿Álex Sennefer? —preguntó una voz ronca—. ¿Renata Duran?

Los amigos se dieron media vuelta y vieron a un hombre muy alto que llevaba una gorra sorprendentemente menuda encasquetada en un cabezón afeitado.

—Esto... Sí —respondió Álex—. Somos nosotros.

—Pues ya me parecía a mí —repuso el hombre, que pasaba la vista de la pareja de amigos a la hoja de papel que llevaba en la mano—. Son ustedes, muy bien.

A Álex le costaba un poco entenderlo.

—Me disculpen por mi acento —dijo el hombre—. Pensarán que tengo un problema en la sinhueso.

Álex rebuscó en su cerebro. *¿Qué es la «sinhueso»?*

—La doctora Aditi se ha *quedao* en el curro. Me ha *mandao* a buscarlos y eso, ¿de acuerdo?

Álex observaba al hombre con atención. Entendía una docena de dialectos egipcios distintos con la ayuda de su amuleto. No se le había escapado ni una palabra de las bravuconadas que había soltado el Hombre Aguijoneado del Imperio Medio. Pero aquel gigantesco caballero lo tenía en ascuas.

Ren intervino:

—El tío dice… Perdón, el señor dice que la doctora Aditi no ha podido venir a buscarnos.

El hombre asintió.

—Anda *liá*.

—Está ocupada y lo ha enviado a él a recogernos.

—Les llevaré al museo.

—Y nos llevará…

—Eso lo he pillado —la cortó Álex. Estudió al hombre con la mirada. Talla: xxl. Sabía quiénes eran, estaba al tanto de que habían quedado con la doctora Aditi, pero ¿quién demonios era él?

—¿Es usted, o sea, su ayudante? —preguntó Ren con escepticismo.

—Anda, qué va —dijo el hombre, que obviamente no era un doctor en civilizaciones antiguas—. Soy el chófer. Llevo el carro del museo.

Álex asintió. Aquello tenía más lógica.

—Vaya vaya… Así que chófer y todo —comentó Luke—. Pues yo me voy a coger el metro.

—¿Y este quién es? —preguntó el hombre, que ahora volvía a mirar su hoja de papel.

—Luke Bauer, grandullón, no olvides mi nombre. —Se volvió hacia Álex y añadió—: Tengo tu número, colega. Te enviaré un mensaje… o me pasaré por el Humbueno.

Se echó la bolsa al hombro y se encaminó a la estación de metro del aeropuerto.

—Andar —sugirió el hombre—. El carro está aquí mismo.

—Vamos —le dijo Ren a Álex—. Salgamos de aquí.

—Ya te llevo yo la maleta, si quieres —se ofreció el hombre, que dio un paso adelante y levantó la pesada maleta de Álex con una enorme zarpa de oso.

El chico asintió. No iba a poner objeciones. Se dijo que sus recelos no eran más que paranoias. Por lo que parecía, Ren confiaba en el tipo. Caminaba unos pasos por delante, charlando con él. No tenía problemas para entenderlo. ¿También había estudiado esa forma de hablar mientras hacía los preparativos para el viaje? Aceleró el paso y los alcanzó.

—¿Cómo se llama usted, por cierto? —le preguntó al hombre.

—¿Mi nombre?

—Sí, su nombre.

—Liam, ¿no? —repuso él.

Álex se sentía confuso otra vez. *¿Me lo está preguntando?*

Ren reparó en la expresión de su amigo.

—Se llama Liam, Álex.

—Vale, guay. Encantado de conocerlo.

Con la mano libre, el hombre se tocó la visera de su minúscula gorra.

—Ahí mismo —dijo al tiempo que señalaba unas puertas automáticas.

Álex asintió. Empezaba a comprender la forma de hablar de aquel hombre. Regla número uno: las *des* de la última sílaba desaparecían como por arte de magia. Las puertas automáticas se abrieron y echó una última ojeada al caótico aeropuerto según lo abandonaban. Habían recorrido miles de kilómetros, dejando atrás los problemas, la confusión y el peligro de una ciudad para encontrar más de lo mismo en la siguiente. Valdría la pena si su madre estaba allí. Tenía que estar y, cuando la encontrara, ella sabría qué hacer. Sus recursos eran infinitos...

Al otro lado de las puertas automáticas, a un nivel ligeramente inferior, discurrían dos estrechos carriles con un bordillo a un lado y un pequeño tabique de hormigón al otro. Delante de ellos se erguía una machacada furgoneta, de las que tienen una puerta corredera lateral, y sin ventanillas.

—¿Dónde están los coches? —preguntó Álex—. Hay tanta gente en el aeropuerto…

—Hay un poco de lío —dijo Liam, que señaló más o menos a lo alto de la rampa—. Me he *colao* por los pelos.

Álex siguió su mirada. Había un coche atravesado que impedía el paso. Vio a un hombre plantado allí cerca con los brazos en alto y a otro que le gritaba algo. Álex miró al otro lado. Allí, la segunda rampa ascendía hasta internarse en el tráfico que salía del aeropuerto.

—¿Ha habido un accidente o…?

No pudo completar la pregunta. Su propia maleta se lo impidió golpeándolo con fuerza. Blandiendo el objeto como si fuera una raqueta de *ping-pong*, Liam se la estampó en el hombro y lo tiró de bruces al suelo.

—¡Uuuuf! —exhaló sin aliento, y notó un escozor en las palmas de las manos cuando aterrizó sobre el asfalto. Por el rabillo del ojo vio cómo Liam blandía la maleta por encima de Ren con intención de aplastarla como una mosca. Ella la esquivó ágilmente, pero el pesado fardó le alcanzó las piernas y la tiró también.

¡Es un impostor!, comprendió Álex. Intentó ponerse en pie, pero la maleta se estrelló contra su cabeza de nuevo y ya no pudo pensar nada más.

Con los ojos entornados, vio cómo Ren echaba a correr hacia el aeropuerto… y caía cuan larga era como consecuencia de un nuevo golpe de maleta. *¡No!*

Liam soltó el fardo y se agachó junto a Álex. Le amarró las muñecas con una brida de plástico y luego le colocó otra alrededor de las manos, para atárselas en posición de rezo. Él forcejeó con impotencia. Rodó hasta colocarse de espaldas y se llevó la primera brida a los dientes. Fue un gesto tan inútil como morder la botella de un refresco.

Recurrió a su última esperanza. Intentó agarrar su amuleto, pero con las manos atadas solo pudo asirlo con los pulgares. No bastaba. El escarabeo permaneció frío e inerte. *Este hombre sabe perfectamente lo que hace* —pensó entonces—, *y eso solo significa una cosa: La Orden anda detrás de esto.*

Giró sobre sí mismo y volvió la vista hacia Ren. Su amiga yacía despatarrada a tres metros de distancia. No estaba maniatada, pero tampoco se movía. Una oleada de pánico lo recorrió. En ese preciso instante, oyó cómo se abría la puerta lateral de la furgoneta.

Álex intentó levantarse. Aunque seguía aturdido a consecuencia del golpe, sabía que si aquel hombre los metía en la furgoneta nadie volvería a verles el pelo.

No consiguió hacer nada más que sentarse.

—Ya ves de qué va esto, retaquillo —le soltó Liam con desprecio—. Ahora sí que me entiendes, ¿eh?

Cuando Liam se agachó para agarrar a Álex, un hombro le golpeó el vientre con fuerza y un par de brazos rodearon sus gruesos muslos. Fue un placaje de manual y una cabeza rubia asomó junto a la cadera del grandullón. Luke.

Mediante una técnica impecable, consiguió derribar a aquel hombre que le pasaba una cabeza. La boca de Liam adoptó la forma de una o perfecta cuando cayó hacia atrás y se estampó la cabeza contra el lateral de la furgoneta. Hombre y chico cayeron amontonados, pero Luke se levantó medio segundo después con un salto digno de un tigre.

—¡Mis manos! —gritó Álex, a la par que tendía las muñecas hacia su primo.

—Voy —dijo Luke. Echó un último vistazo a Liam, que seguía inmóvil en el suelo, y luego corrió hacia Álex para desatarlo.

—Has vuelto —observó este, constatando lo evidente. Aún no había recuperado la capacidad de pensar con claridad.

Luke esbozó una sonrisa socarrona.

—Ese tío no me gustaba ni un pelo.

Las bridas no cedían. Una vez atadas, había que cortarlas. Los dos chicos miraron a Ren. Había confiado en aquel puerco… y lo había pagado caro.

La buena noticia: empezaba a incorporarse.

La mala noticia: el puerco también.

Fuga por los pelos

—¡Ren! —gritó Álex.

Ella se incorporó a duras penas.

Álex miró por encima del hombro mientras Luke y él estiraban los brazos de su amiga para incorporarla. El gorila se había erguido sobre una rodilla, y el rumor de varias botas contra el asfalto lo alertó de que tres hombres más bajaban corriendo por la rampa. Comprendió, por la funesta expresión de sus rostros, que no acudían en su ayuda.

Los tres amigos salieron por piernas, pero Álex y Ren tardaron unos instantes en ganar velocidad. Y si bien Luke podría haberlos dejado atrás, retrocedió para ayudarlos según remontaban el lado opuesto de la rampa, en dirección contraria al coche atravesado. Cuando vio la cuesta, Álex fue víctima del pánico. Para él, las subidas representaban un enorme desafío. Entonces se acordó: eso era antes. Sus piernas encontraron el ritmo y empezó a remontar la pendiente con facilidad.

Ahora, cuatro hombres trataban de darles caza. Los recién llegados tenían un aspecto famélico, como una jauría de lobos, y ya estaban adelantando a su rollizo compañero, que se había levantado con dificultad.

Con las manos atadas, Álex asía el amuleto como podia, pero sin resultado.

—¡Tenemos que llegar a lo alto de la rampa! —gritó Ren.

Sus cortas piernas se esforzaban al máximo y sus zapatillas deportivas pateaban el asfalto con furia, pero no corría lo suficiente. Alex aminoró el paso para no dejarla atrás. Y los lobos se aproximaban cada vez más. Ahora estaban a diez metros... ocho... seis...

¡MEEEEC! ¡MEEEEC!

Un coche minúsculo apareció raudo como una flecha, igual que un carro de golf con carrocería de chapa que llevara un motor turbo. Derrapó en lo alto de la rampa antes de bajar a toda pastilla.

—¡Cuidado! —gritó Álex. Los tres amigos saltaron a un lado para evitar que el veloz cochecito los embistiera.

El pequeño auto pasó junto a ellos como una centella roja y blanca, directamente al encuentro de la jauría. Los cuatro hombres saltaron como los bolos de un pleno, la mitad hacia la izquierda y la otra mitad hacia la derecha. Cuando cayeron al suelo, el breve motor dio marcha atrás. Más que un potente rugido emitía un gemido frenético, pero el cochecillo remontó la rampa de espaldas y se detuvo junto a los tres amigos. Una mujer alta de llamativas facciones se asomó por la ventanilla del conductor.

—¡Subid! —gritó.

En la puerta, pintado en letras rojas, un rótulo informaba:

MUSEO BRITÁNICO

OFICINA DEL DIRECTOR

—¿Doctora Aditi? —chilló Ren.

—¡Siento llegar tarde! —vociferó la mujer.

Los tres chicos se acercaron corriendo a la portezuela del pasajero y se abalanzaron al interior del coche como payasos del circo. Sin tiempo para apartar el respaldo, Ren saltó al asiento trasero. Álex intentó hacer lo propio, pero se quedó atrapado a medio camino. Un buen empujón de su primo resolvió el problema. Acto seguido, Luke se desplomó en el asiento delantero y el cochecito salió zumbando antes de que cerrara la puerta siquiera.

Varios puños golpearon el capó y los costados del vehículo y Álex temió que aquellos matones acabaran volcando el coche con sus propias manos. En el minúsculo asiento trasero, Ren y él aún trataban de desenredarse entre sí cuando la carota de Liam apareció al otro lado del cristal.

—¿Dónde está vuestro equipaje? —gritó la doctora Aditi por encima del escándalo que armaban hombres y motor.

—¿Nuestro qué? —preguntó Álex. No había vuelto a pensar en su maleta… salvo para recordar que se la habían estampado en la cabeza.

—¡Al fondo de la rampa! —chilló Ren.

—Muy bien —asintió la egiptóloga. Bajando la barbilla con expresión decidida, pisó el freno de sopetón. El coche se detuvo en seco y al instante los matones empezaron a zarandearlo.

La doctora Aditi pisó gas a fondo. Una fuerte sacudida en el interior del coche coincidió con una aguda exclamación que provenía del exterior. *¿Eso ha sido un pie?*, se preguntó Álex para sus adentros. Esperaba que sí.

Al momento, el pequeño auto estaba desandando el camino que acababa de recorrer. Volvió a detenerse con un chirrido, ahora junto a la furgoneta.

—¿No te importaría? —le preguntó la doctora a Luke.

Este se apeó de un salto y lanzó la machacada maleta de su primo por la portezuela abierta. Álex no podía hacer nada con las manos atadas, así que fue Ren la encargada de arrastrar el fardo al asiento trasero. Volviéndose a mirar, Álex vio a los bandidos acercarse otra vez; todos excepto uno, que acababa de quedarse cojo.

—¡Deprisa! —gritó Álex. Demasiadas molestias por unas maletas de nada, pensó. Incluso estuvo a punto de comentarlo en voz alta, pero sabía muy bien que a ningún conductor le gusta que un pasajero le dé instrucciones.

Luke tiró la maleta de ruedas de Ren al interior del coche y luego subió de un salto, cargado con su propia bolsa deportiva. Un puño golpeó el parabrisas trasero justo cuando el cochecito salía zumbando hacia el lado equivocado de la rampa, allí donde un vehículo impedía el paso. Aditi pisó gas a fondo y subió el auto al bordillo para esquivar el turismo atravesado. Botaron y se zarandearon sobre un segundo bordillo para alcanzar el otro carril.

Y así, entre botes y sacudidas, abandonaron por fin el aeropuerto. La egiptóloga redujo la velocidad y todo el mundo —cochecito incluido— respiró aliviado.

La doctora Aditi ajustó el espejo retrovisor para mirarlos a todos.

—¿Y bien? —dijo—. ¿Qué tal el vuelo?

En un aeropuerto secundario, en las afueras de la ciudad, un vuelo más apacible acababa de finalizar. La lluvia roja no había puesto en apuros al piloto de este avión, que, cargado con combustible de sobra, se había limitado a rodear las nubes hasta que la borrasca había cesado. Cuando el elegante *jet* privado llegó a su destino, un solo pasajero desembarcó. Alto y enjuto, con el plateado cabello de punta, portaba una gran maleta negra en una mano.

Nadie le preguntó a ese hombre si había tenido un vuelo

agradable cuando se internó en el edificio del pequeño aeropuerto. Nadie le dijo nada en absoluto; sencillamente, procuraron evitar su mirada

Sin conseguirlo. Sobre la nariz aguileña el hombre exhibía los ojos oscuros y fríos de un depredador, que abarcaron la sala de un solo vistazo e identificaron la inminente amenaza al instante. Incluso en los pequeños aeropuertos hay reglas. También en los pequeños aeropuertos existen las fronteras internacionales.

Un joven agente de aduanas enfundado en una camisa azul (Lewis, se llamaba) rompió el silencio.

—Siento llegar tarde, Dave —dijo según se acercaba al mostrador para relevar a su compañero—. Mi coche no arrancaba.

Dave se volvió en la silla y lo miró sorprendido. Lewis no llegaba tarde, sino demasiado temprano.

Dave debía dinero y precisaba una buena suma. En una palabra, lo habían sobornado. Y parte de su encargo había consistido en inutilizar el coche de Lewis. Por desgracia, no había hecho un buen trabajo. Ahora intentaba avisar a su colega con una mirada fija y un gesto negativo de la cabeza, pero Lewis no tenía ni la más remota idea de lo que significaba aquel gesto. Haciendo caso omiso de su colega, se puso a trabajar.

—Bueno —dijo, mirando al hombre de cabello plateado que se había acercado al mostrador—. Veamos su pasaporte.

El silencio se apoderó de la sala. Todos los presentes —Dave, el piloto, un inspector de seguridad, incluso unos cuantos auxiliares de tierra— conocían el trato. Todos menos Lewis.

—Me temo que no tengo —repuso el hombre despacio.

—Que… Perdone, ¿cómo dice? —se extrañó Lewis—. Escuche, amigo, este es un aeropuerto pequeño y puede que hagamos la vista gorda con algunas cosas, pero hay unos mínimos.

Se volvió a mirar a Dave con una sonrisa que significaba:

¿Este tío de qué va? Pero Dave no le devolvió el gesto. De hecho, temblaba ligeramente.

Vocalizó en silencio dos palabras, despacio y con absoluta claridad, al tiempo que las subrayaba con la mirada: «Déjalo pasar».

Lewis lo miraba fijamente. Empezaba a advertir el silencio, a notar el miedo, y comenzó a sumar dos más dos. No sabía a qué venía todo aquello, pero de una cosa estaba seguro: se trataba de algo ilegal.

—Vamos, Dave —le dijo a su colega en un tono de franca decepción—. Ya sabes que no puedo hacerlo.

Se volvió a mirar al hombre, pero el rostro había desaparecido. Lo había sustituido una máscara de hierro alargada con forma de cabeza de cocodrilo. La maleta negra yacía en el suelo, vacía.

Lewis dio un respingo, más de sorpresa que de miedo, al principio. Desde las escamas aplastadas hasta los dientes romos, aquella máscara opaca y gris era de un realismo impresionante. El portador lo miraba con frialdad a través de dos agujeros abiertos sobre el hocico. En ese instante, el hombre cocodrilo alzó una mano, cuyos dedos proyectaron un antiquísimo poder. Fue entonces cuando Lewis sintió miedo. Y dolor.

Cambiazo

Álex se revolvió en el microscópico asiento trasero del coche de la doctora Aditi. No había sitio para dejar la pesada maleta a un lado, así que la sostuvo con las manos atadas mientras la mujer volaba entre el tráfico.

—¿Señora? ¡Circula usted por el lado equivocado de la carretera! —aulló Luke.

Ella lo miró un instante, sonrió, cambió de marcha y pisó el gas.

—Aquí no, cariño.

Ren se asomó entre los asientos.

—En Inglaterra conducen por la izquierda —gritó por encima del ruido del apurado motor.

La doctora llevó a cabo un peligroso adelantamiento doble y se coló entre dos coches más grandes, que pitaron enfadados.

Álex siguió la mirada de la mujer. Dedicaba tanta atención al espejo retrovisor como a mirar por dónde iba. No le habría importado si no viajaran a toda velocidad o si el coche ofreciera algo más de protección que una lata de sardinas. Abrazó la maleta con fuerza.

—¡Ya controlo yo a la furgoneta, por si prefiere mirar la carretera! —gritó.

—¿Cree que nos estarán siguiendo? —preguntó Ren, que se había vuelto para mirar por el cristal trasero.

—Puede que no… —empezó a decir la doctora Aditi.

Álex advirtió que los hombros de Ren se relajaban.

—Es posible que nos estén esperando cuando lleguemos —añadió la egiptóloga.

Los hombros de Ren volvieron a contraerse. Álex recordó que el coche llevaba el nombre del museo pintado en la puerta. *¿En qué piensa esta mujer? ¡Va anunciando a los cuatro vientos el lugar al que nos dirigimos!*

—Tiene razón —dijo Luke cuando el ruido del tráfico amainó.

—¿Acerca de qué? —preguntó Aditi a la vez que echaba un vistazo al espejo retrovisor.

—Todo el mundo conduce por la izquierda —repuso él—. Solo que, bueno, más despacio.

Aditi volvió la vista hacia él, solo un instante.

—Lo siento —dijo—. ¿Quién eres?

—Soy Luke —contestó él.

Aditi se quedó atónita.

—Soy su primo —aclaró Luke, señalando a Álex con el pulgar.

—Pero Todtman no mencionó… —empezó a decir ella. Buscó los ojos de Álex en el espejo retrovisor y le lanzó una mirada que venía a decir: *¿De qué va esto?*

—No ha venido, o sea, con nosotros —aclaró Álex—. Está aquí para asistir a un campamento deportivo.

Se echó hacia delante tanto como le permitió la voluminosa maleta.

—Luke, tío, no les cuentes nada de esto a tus padres, ¿vale?

—Eh, ¿por qué no? —protestó el otro—. Es una historia muy buena.

—Venga, tío —suplicó Álex. Tras la desaparición de su madre, sus tíos se habían convertido en sus tutores legales y le daba miedo que lo obligaran a coger el primer vuelo de vuelta.

—Es broma, chaval —le soltó Luke—. El campamento será fenomenal, pero como mis padres descubran que por aquí están desapareciendo niños, me obligarán a volver antes de mi primer salto de altura.

Álex se echó hacia atrás y respiró aliviado, contento de que su primo y él estuvieran más o menos en la misma onda.

—Aunque supongo que se enterarán de esa historia de las algas por las noticias —añadió Luke.

El centro de Londres descolló ante ellos según dejaban atrás las afueras. Derritieron las bridas con ayuda del mechero del coche mientras circulaban zumbando por la autopista. No habían dejado de mirar atrás durante todo el trayecto, como mínimo uno de ellos, bien por los espejos retrovisores, bien por el parabrisas trasero.

Por fin llegaron a la salida. Mientras tomaban el desvío, Álex fue leyendo los carteles indicadores: BLOOMSBURY, FITZROVIA, MUSEO BRITÁNICO…

Entonces buscó de nuevo los ojos de la egiptóloga en el retrovisor, pero Aditi estaba pendiente del tráfico, más denso en la ciudad. La Orden sabía de antemano quién iría a buscarlos al aeropuerto —aún podía oír a Liam machacando el nombre de Aditi con su mala pronunciación— y sin duda estaban al tanto de adónde se dirigían. Esperaba que la mujer supiera lo que hacía. Observó sus ojos desplazarse aquí y allá, raudos y despiertos. Él sabía que la egiptóloga formaba parte del mismo grupo secreto de investigadores al que pertenecía Todtman. Ren los llamaba «el club de lectura», y desde luego eran una pandilla de frikis que trabajaban en museos diversos; pero también eran misteriosos y poderosos, por lo que se preguntó si Aditi poseería un amuleto, algún objeto tan fantástico como el increíble halcón de Todtman.

Se volvió a mirar por el cristal trasero. *No se ve ninguna furgoneta* —advirtió—. *Aún no.* Y cuando el semáforo cambió y se internaron en una concurrida intersección, se dijo que tal vez fuera capaz de dejarla atrás, si acaso se estaba acercando. Ahora pensaba con más claridad y tenía las manos libres. Rodeó el amuleto con el puño izquierdo. La vieja corriente lo recorrió y, cuando notó el rápido bombeo de su corazón, se volvió con los ojos entornados.

Miró fijamente el semáforo, que cambió a rojo al momento. Enseguida se elevó un coro de bocinas enfadadas, pero él se relajó en el asiento, consciente de que la luz no cambiaría en un rato.

A pesar de todo lo que acababan de vivir y de los peligros que aún les aguardaban, Álex se dedicó a admirar el paisaje de la ciudad desde el atestado asiento trasero. No podía evitarlo. Aunque su madre viajaba constantemente por motivos de trabajo, la delicada salud del chico le había impedido acompañarla. Y él siempre había soñado con viajar a lugares lejanos e interesantes.

Ahora Londres de desplegaba a su alrededor: una ciudad desconocida, llena de nombres raros y paisajes nuevos. Cuando el coche circuló por una concurrida plaza, atisbó una estatua alada y buscó el cartel con el nombre: Piccadilly Circus. Los edificios de una esquina estaban cubiertos de grandes anuncios de neón mientras que al otro lado se alzaban viejas edificaciones de piedra. Según adónde miraras, la plaza parecía Times Square o una antigua metrópolis.

Unos cuantos giros más y, súbitamente, un gran edificio de

piedra, tan grande como una manzana de casas, se irguió ante ellos.

—El Museo Británico —anunció Ren con un susurro reverencial—. Mi padre siempre está hablando de este sitio.

Álex asintió. Su madre también, cuando aún estaba con él. Era hermoso.

Aditi enfiló hacia una imponente verja y detuvo el coche junto a una pequeña garita de vigilancia. Bajó la ventanilla y le mostró al guarda una tarjeta de identificación. Este ni se molestó en mirarla.

—¿Sin novedades, Glenn? —le preguntó.

—Ninguna, que yo sepa —repuso él al tiempo que la invitaba a pasar por señas.

Álex se tranquilizó ante las medidas de seguridad, pero la doctora Aditi no se dio por satisfecha. Aparcó el cochecito junto a la verja y apagó el recalentado motor, que sonó como un globo que se desinfla.

—¡Muy bien! —dijo la mujer—. Abajo. ¡Rápido!

Se apearon del coche a toda prisa… para subir al siguiente. Se trataba de un turismo azul, tan discreto como llamativo era el cochecito del museo y, gracias a Dios, bastante más amplio. Y lo que era mejor: no llevaba su destino pintado en la portezuela.

—¡Adentro, adentro, adentro! —gritó Aditi—. Las maletas en su sitio.

—¿Dónde? —preguntó Luke.

Aditi respondió abriendo el maletero. Apenas un minuto después de que hubieran estacionado en el aparcamiento de empleados, volvieron a arrancar. Glenn les dedicó un saludo un tanto perplejo y devolvió la atención a su periódico y a su té.

Mientras se alejaban, Álex se volvió a mirar al otro lado de la verja. Lo recorrió una oleada de alivio. La mujer sabía lo que se hacía, al fin y al cabo. El pequeño coche era perfectamente visible desde la calle. La alegre carrocería pintada de rojo y blanco no pasaría inadvertida a ningún sicario, acólito de una antigua secta que profesa el culto a la muerte o curioso relacionado con el asunto. «Estamos aquí, tontorrones», parecía decir.

—Bueno, Luke —dijo Aditi—. ¿Dónde está ese campamento tuyo?

Y así, sin más, pusieron rumbo a su próximo destino.

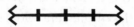

El turismo azul apenas acababa de alejarse cuando Glenn se incorporó otra vez en el interior de la garita.

—¡Una entrega! —gritó el hombre alto, de cara redonda, que se asomó por la ventanilla del conductor.

Glenn estudió la furgoneta. En comparación con los vehículos que solían acudir al museo, aquella era un cacharro. Obviamente no transportaba ninguna antigüedad valiosa. *Puede que sea comida* —se dijo el guardia— *o artículos de fontanería.*

—¿Qué lleva? —preguntó.

—Pues… suministros y cosas así —repuso Liam—. Aquí tengo los papeles.

La cabeza de Liam desapareció en la furgoneta otra vez y, cuando Glenn se asomó para comprobar en qué andaba, el primero lo estaba esperando. Agarró la nuca de Glenn con su manaza y, con un gesto raudo, le acercó la otra al cuello. La brillante punta metálica de una aguja hipodérmica se hundió en el cuello pálido y tierno del guarda. Durante unos instantes, el vigilante se retorció, forcejeó e intentó zafarse de las manos, pero cuando Liam apretó el émbolo con el pulgar, dejó de moverse.

La Orden causaba estragos a su paso.

Ruidos en la noche

—«Yo tengo una casita que es así, que es así» —canturreó la doctora Aditi cuando el coche se detuvo con una sacudida.

En el asiento trasero, Ren abrió los ojos de sopetón. Álex y ella se habían quedado fritos después de dejar a Luke, incapaces de aguantar por más tiempo los efectos combinados de la diferencia horaria, la falta de sueño y los golpes en la cabeza. Se incorporó y miró hacia delante entre los dos asientos delanteros. Lo primero que vio fue un gran cartel azul prendido a la pared de ladrillos frente a la que habían aparcado:

COLECCIÓN CAMPBELL

DE ANTIGÜEDADES EGIPCIAS

—Os quedaréis un tiempo aquí —informó Aditi. A Ren le gustaba su manera de hablar, la rica modulación de sus frases, que prodigaba como un banquero que arranca billetes nuevos de un fajo—. Estaréis más seguros que en el museo, de momento —prosiguió—, aunque aquí tampoco andamos cortos de «actividad», últimamente.

Ren bajó su maleta al suelo del aparcamiento y alzó la vista. El cielo londinense, plomizo y lúgubre, se cernía sobre ellos igual que en las películas. Subió la maleta a la acera con un movimiento enérgico.

—¿Dónde estamos? —le preguntó a Aditi, que ahora estaba de espaldas.

—Antes la colección Campbell era privada, pero ahora constituye una especie de subsede del Museo Británico —explicó la doctora.

Ren levantó la vista hacia el edificio alto y estrecho que tenía delante. Parecía una antigüedad en sí mismo. La pintura se desconchaba en los anticuados marcos de las ventanas y los ladrillos mostraban alguna que otra mella. En lo alto, una vieja chimenea se torcía hacia delante en un ángulo que parecía un tanto peligroso. Recordaba a un encorvado anciano saludando a nadie en particular.

—Os hemos preparado dos habitaciones —añadió la doctora.

¿Aquí? —pensó Ren—. *¿En este edificio en ruinas?*

En el interior, la sede de la Colección Campbell era fría y silenciosa. Un anciano llamado Somers los condujo a sus habitaciones y les entregó una llave maestra de la puerta principal. Ren no estaba segura de si «Somers» era el nombre o el apellido del hombre, ni tampoco de si se trataba de una especie de mayordomo, de un conservador o de algo totalmente distinto. Pese a todo, Aditi afirmó que podían confiar en él, lo que fue un alivio. Se detuvieron ante dos puertas bajas y estrechas situadas al final del pasillo del último piso.

—Son estas —dijo el anciano con una voz profunda y cascada—. Las antiguas dependencias del servicio.

Giró el pomo con sus largos y nudosos dedos. La puerta se abrió emitiendo un chasquido y reveló un minúsculo cuarto con una cama estrecha, una mesa, una silla, un tocador, una lámpara y nada más.

—Las dos son idénticas —prosiguió Somers—. Pueden escoger la que quieran.

Ren miró a Álex.

—Yo me quedo con esta —dijo, y arrastró la maleta al interior.

En el suelo, junto a la cama, vio una pequeña palangana de metal y una jarra de agua: un orinal, como en las novelas de Dickens. *Por favor, que haya un cuarto de baño de verdad*, rogó. Tenía la sensación de haber sido arrancada de la Nueva York del siglo veintiuno para aterrizar en el Londres del diecinueve. Una vez más, la invadió una leve sensación de irrealidad. Las momias y la magia le provocaban ese efecto, pero últimamente incluso las situaciones más cotidianas la hacían sentirse así.

Dejó la maleta en el suelo mientras Somers le abría a Álex la puerta de la segunda habitación.

—Descansad un rato —gritó Aditi desde el rellano—. ¡Volveré por la tarde!

Ren oyó cómo Álex protestaba en el pasillo. Quería emprender la búsqueda cuanto antes.

—Ya habéis tenido bastantes emociones por hoy —replicó la egiptóloga, cuyos pasos ya se encaminaban a las escaleras.

Ren sacó el teléfono y miró la hora. Era muy temprano para llamar a sus padres, que seguían en Nueva York. Apretó el colchón con la mano para comprobar su firmeza. Se dijo que bien podía seguir el consejo de la doctora Aditi y descansar un poco. En aquel momento, Álex asomó la cabeza por la puerta de su habitación.

—Eh, Ren —dijo—. ¿Tienes por ahí el periódico?

Y supo que no podría echarse una siesta, al fin y al cabo.

Dedicaron aquel primer día, todavía en pleno desfase horario, a averiguar lo que pudieran en el Museo Campbell. Ren se animó un tanto cuando se repartieron las tareas, porque era eso lo que más le gustaba.

—Vale —dijo—. Yo me conecto a internet y busco posibles signos de Caminantes de la Muerte. Momias desaparecidas, sarcófagos forzados… —Echó un vistazo a la foto de la mano vendada del periódico, que ahora yacía desplegado sobre su cama—. Cualquier cosa que lleve vendas y parezca malvada.

—Guay —repuso Álex—. Yo echaré un vistazo a la colección de este edificio. Comprobaré si hay algo que pueda resultarnos de utilidad. Creo que he visto una muestra del Libro de los Muertos de camino hacia aquí.

Ren también la había visto, pero solo ocupaba un panel. El ejemplar del Museo Metropolitano abarcaba toda una pared: doscientos hechizos desplegados en rollos de papiro y vendajes de momia.

—Supongo que bastará con un hechizo —comentó—, si es el que necesitamos.

Ese iba a ser su trabajo. Averiguar cuál de los Caminantes de la Muerte había vuelto a la vida para poder descubrir qué hechizo lo devolvería a la tumba.

Sin embargo, según avanzaba el día y Ren se topaba con un callejón sin salida tras otro, la vista se le fue emborronando y los párpados le pesaban cada vez más. No encontraba ni una palabra acerca de momias desaparecidas en el Museo Británico; y ese tipo de cosas no pasan desapercibidas.

Comprobó los nombres de todos los antiguos cadáveres registrados en la colección; e incluso consultó los consignados en páginas web de otras colecciones de la ciudad. Ninguno de ellos parecía especialmente malvado: un noble de segunda por aquí, un sumo sacerdote por allá, e incluso un contable real. *El Hombre Aguijoneado tenía nombre de Caminante de la Muerte* —pensó adormilada— *pero ¿el Contable?*

Tras una concienzuda búsqueda, Álex regresó con la noticia de que el Libro de los Muertos de la primera planta únicamente contenía «unos cuantos fragmentos del principio» y la única momia humana del Campbell seguía en las dependencias. Además, Aditi había llamado para decir que no volvería ese día porque algo había sucedido en la sede principal.

Ninguno de los dos imaginaba que, aquella misma noche, algo iba a suceder en la subsede también.

¡PLAAAAM!

Ese ruido otra vez. Álex paseó la vista por su pequeña habitación sumida en sombras. Pasaba de la medianoche y unos ruidos extraños resonaban en algún lugar del museo, ahora cerrado.

¡BUUUMP!

¿Más distantes y más altos esta vez? ¿O más próximos y más quedos? Álex no supo adivinarlo. Se incorporó en la estrecha cama de madera y encendió la lamparilla de la mesilla. Comprobó los cuatro rincones de su cuarto. Nada. Respiró aliviado.

¡Pam! ¡RIIIC!

Un sonido más agudo ahora. ¿Procedía del pasillo?

—Eh, Ren —dijo, de cara a la pared—. ¿Eres tú?

Un instante de silencio y luego:

—No… ¡Pensaba que eras tú!

Las paredes eran lo bastante delgadas como para mantener una conversación a un volumen más o menos normal.

—¿En el pasillo? —dijo Álex.

¡Praaang!

Ambos permanecieron callados unos instantes, mientras sopesaban lo que acababan de oír.

—Procede del piso inferior, creo —opinó Ren—. Me parece que los suelos son tan delgados como las paredes.

—Vale —dijo Álex—. ¿Nos vemos allí?

—Sí, solo tardo un momento.

Álex echó a un lado el ligero edredón y examinó su atuendo. Los pantalones del pijama y una camiseta del faraón Tutankamón que le había traído su madre de un viaje a Egipto. *Puede pasar*, supuso. Si la responsable de aquel ruido era una orden de asesinos en potencia —o la momia del segundo piso—, no necesitaba nada más que el amuleto que llevaba colgado al cuello. Retiró la única silla de la habitación de debajo del pomo de la puerta. A través de la pared, oyó que Ren hacía lo mismo. Las puertas de las antiguas dependencias del servicio no se podían cerrar por dentro.

Rodeó el escarabeo con el puño y notó cómo se le aceleraba el pulso a la par que sus sentidos se agudizaban. Abrió la puerta y salió. El descansillo estaba a oscuras salvo por la señal de SALIDA que brillaba encima de la escalera, en la otra punta del pasillo.

A pocos metros de donde él estaba, Ren salió de la habitación. Un halo rojo rodeaba su media melena cuando se volvió a mirarlo.

¡BOOOM!

El ruido sonaba más alto fuera de las habitaciones. Ren agrandó los ojos con expresión asustada.

—¿Qué es eso? —susurró.

—No lo sé —cuchicheó él.

En silencio, con cautela, ambos se encaminaron al rellano. Ren se había vestido e incluso se había atado los zapatos con impecables lazos. Álex miró sus pies descalzos.

60

Asió el amuleto con más fuerza. Pensó que tal vez percibiese algo, por sutil que fuera, quizás un movimiento con el rabillo del ojo.

—Solo hay un modo de averiguarlo —comentó al tiempo que señalaba la vieja escalera con la barbilla.

Ren titubeó y a continuación susurró:

—Vale.

¡BUUAAACK!

El estrépito ascendió hasta ellos. Ren señaló el suelo con un dedo y Álex asintió. Estaban en el cuarto piso del angosto edificio y aquel último golpe parecía proceder del tercero.

Álex echó a andar despacio, tomando la delantera. Sombrías imágenes del horror que les pudiera aguardar abajo desfilaron por su mente, pero hizo de tripas corazón con la sensación de estar avanzando contra las gélidas olas de una playa. Muy en el fondo albergaba incluso la esperanza de que el causante de los ruidos fuera algún miembro de la secta que rendía culto a la muerte. Su antiguo lema cruzó su pensamiento: «Si das con La Orden, darás con mamá».

Se encaminó directamente al resplandor rojo chillón de la señal de SALIDA y, de ahí, a la boca negra de la escalera.

«Oh, no»

Mientras descendían el oscuro tramo de escaleras, una sinfonía de crujidos y gemidos se desencadenó en los viejos peldaños de madera. Cuando restalló el siguiente golpe, ambos brincaron asustados.

¡WAbuuuMMPP!

El estrépito resonó en el hueco de las escaleras. *Está más cerca* —calculó Álex—. *No cabe duda de que se está acercando.* Su imaginación recreó al instante imágenes que no quería ver: *el fornido sicario de La Orden erguido ante él, a punto de estamparle la maleta; las cuencas oculares vacías de la apergaminada momia del segundo piso; los horrores que había presenciado en Nueva York.*

El teléfono de Ren brillaba tenue en la escalera: la doctora Aditi estaba a un toque de pantalla de distancia. Álex rememoró el tono de voz de la doctora durante la breve conversación telefónica que habían mantenido aquel día, distraído y preocupado. No les había revelado lo sucedido en el Museo Británico, pero él intuía que no era nada bueno. Aunque la llamaran ahora mismo, comprendió, mientras alcanzaban el rellano del tercer piso, que había pocas probabilidades de que llegase a tiempo.

¡CROOK!

El golpe tronó en la oscuridad, como un choque de piedra o de hueso. Parecía proceder de la habitación contigua.

—¿Lista? —susurró Álex a su amiga.

—Supongo —respondió Ren, y avanzaron de puntillas hacia el arco bajo que los separaba de una pequeña sala secundaria.

Al margen del brillo de las señales de SALIDA, un tenue resplandor se colaba por las ventanas y, aquí y allá, pequeñas bombillas iluminaban las vitrinas. Una bombilla más grande alumbraba la superficie verdosa de un fresco de seis mil años de antigüedad. La combinación de luces diversas creaba una telaraña de sombras. Durante el día, reinaba el silencio en el Museo Campbell, pero su quietud resultaba espeluznante de noche. Ahora se encontraban a un paso del arco. Los ojos de Álex se posaron en un cartel que rezaba: GALERÍA XI. ANIMALES DEL MÁS ALLÁ. Oyeron un nuevo rumor, más quedo, procedente del interior: un susurro irregular y rasposo, como si algo se arrastrara por la madera del suelo.

—Espera —susurró Ren, que se había detenido junto a un pequeño extintor de incendios.

Con mucho gusto, pensó Álex. Su puño sudoroso aferraba el amuleto con fuerza. Notaba la vieja tarima, fresca y áspera, bajo los pies descalzos. Mientras miraba a su amiga, vio dibujarse una arruga de concentración en su entrecejo. A la pálida luz que los envolvía, Ren abrió la caja del extintor con mucho cuidado y luego, en tres rápidos movimientos, lo retiró de su soporte.

¡FUPAAAP!

El volumen del ruido despejó cualquier duda. Procedía de la sala contigua… ¡y se dirigía hacia ellos!

Un chirrido como de uñas que rascan una superficie de piedra se aproximaba. El sonido no parecía humano; no era obra de ningún acólito de La Orden, comprendió Álex. ¿Y si se trataba de algo aún peor, si cabe? ¿Y si el Caminante de la Muerte que andaban buscando iba tras ellos a su vez? No estaban preparados para enfrentarse a algo así.

Echó un vistazo a su amiga. Era demasiado tarde para esconderse, pero ¿estaban a tiempo de echar a correr? Cuando Ren bajó los ojos y se quedó helada de miedo, lo comprendió: también era demasiado tarde para eso.

Conteniendo el aliento, siguió la dirección de su mirada.

Una cola puntiaguda se agitaba con frenesí.

Cuatro patas delgadas como palillos…

El cuerpo pertenecía a un animal pequeño, pero una maraña de madera rota y metal retorcido le cubría la cabeza, que la criatura arrastraba con dificultad en dirección al arco. El extraño ser estaba cubierto de…

—Oh, no —dijo Álex cuando el animalillo salió a rastras de las sombras para emerger en la sala mal iluminada del otro lado.

—¿Eso no será…? —empezó a preguntar Ren.

—Sí —dijo Álex, que ahora retrocedía despacio—. Son vendajes de momia.

Haciendo caso omiso de las voces a su espalda, el ser siguió arrastrando su carga por el suelo. Tras unos cuantos pasos, agitó el cuello con fuerza contra la base del arco. La madera y el metal golpearon la pared con una fuerza inaudita. El estrépito se extendió por la sala, y los amigos se apartaron de un salto.

—Ha intentado escapar de la vitrina —comentó Ren, dejando caer el extintor a un costado—. No puede liberar la cabeza.

Álex aflojó la presión en torno al amuleto. El animal no pretendía atacarlos; estaba atrapado. Los destrozados restos de una vitrina le rodeaban la cabeza y el cable eléctrico de una lámpara serpenteaba por el estropicio hasta el cuello del bicho.

—¿Qué es? —preguntó Ren—. ¿Tenían chihuahuas en aquella época?

Álex negó con la cabeza y observó cómo la larga cola se agitaba de lado a lado mientras la bestezuela reanudaba su marcha atrás. Apenas tenía pelo e iba envuelta en viejo lino. Él la identificó al instante, aunque estuviera atrapada en los restos de su propia vitrina y desorientada tras el largo sueño.

—Un gato —dijo—. A veces momificaban a los gatos. Para llevarlos consigo al más allá.

El gato momificado se estaba acercando. Álex retrocedió otro paso, pero Ren avanzó.

—Pobrecito —dijo.

—¿Hablas en serio? —se horrorizó él, pero comprendió que sí cuando vio la arruga que tan bien conocía en el entrecejo de su amiga.

—Puede que no me guste la magia y esas espeluznantes cosas muertas —afirmó—, pero me encantan los gatos. —Ren se precipitó hacia delante y se arrodilló junto a la pequeña criatura—. Tranquilo —dijo—. No pasa nada, gatito. No me hagas daño.

Álex advirtió que a Ren le temblaban los dedos mientras intentaba abrir el pestillo de la vitrina y desenredar los restos del cable.

—¡Cuidado! —dijo. No solo pensaba en la fuerza que ha de tener un gato para derribar una vitrina. Tampoco podía apartar la vista de sus uñas de aguja.

Sin embargo, el antiguo gato se había quedado inmóvil con la primera caricia y ahora parecía dispuesto a cooperar. ¿Sabía que Ren quería ayudarlo o solo se estaba dejando mimar?

—Ya casi está, gatito —decía Ren—. Dentro de un momento estarás libre.

Unos cuantos tirones y maniobras más tarde, Ren se levantó.

Despacio, con mucho cuidado, el gato sacó la cabeza. Dos largas orejas en punta asomaron del estropicio. Se volvió y los miró con unos ojos verdes que fulguraron en la penumbra. Durante un segundo, lo vieron con absoluta claridad: un gato escuálido, envuelto en harapos, de ojos iridiscentes.

—Es casi… —empezó a decir Álex.

—Mono —confirmó Ren.

Y lo era, como lo sería un topo sin pelo. Al mismo tiempo, resultaba raro y siniestro; sobre todo en la semipenumbra de la habitación.

—Encenderé la luz —decidió Álex, que no buscó el interruptor, sino su amuleto.

Al instante, las lámparas se encendieron y se hizo la luz en la sala. Álex y Ren parpadearon unas cuantas veces. Cuando volvieron a mirar al suelo, aquel gato tan mono como inquietante había desaparecido.

Esto sí que es espeluznante, pensó Álex.

—¿Dónde se ha metido? —balbuceó Ren—. ¿Cómo lo ha hecho?

—Es la momia de un gato —repuso Álex—. No le busques lógica a sus actos.

La ruta que había seguido el gato para llegar al arco estaba sembrada de marcas y mellas en la pared. La siguieron hasta el punto de partida: una mesa volcada y un montón de cristales rotos.

—A Somers no le va a hacer ninguna gracia —comentó Ren.

Álex recordó el cabello lacio y cano del anciano, las ojeras que cercaban los arrugados ojos.

—No creo que se haya reído desde, no sé, ¿1963?

Se arrodilló y, con cuidado, retiró una pequeña placa de latón de entre los cristales rotos. Se levantó, le dio la vuelta y leyó:

PAI-EN-INMAR, GATA SAGRADA
DEL TEMPLO DE BASTET
BUBASTIS 1730 a. de C.

Álex lo sabía todo acerca de Bastet. Protectora y depreda-dora a partes iguales, la diosa con cabeza de gato era tan temi-da como reverenciada en el Antiguo Egipto. Su madre siem-pre había querido tener un gato y llamarlo *Bastet*. Y, aunque nunca lo había dicho, él sabía por qué jamás llegó a cumplir su sueño: ocuparse de su hijo ya le daba trabajo de sobra.

Cuando Ren se acercó y le quitó la placa de entre los dedos, volvió de sopetón a la realidad.

—Para mí —dijo ella.

El chico no puso objeciones. Su amiga se la había ganado.

Limpiaron el estropicio lo mejor que pudieron y regresa-ron al piso superior. Una vez en su cuarto, Álex cayó en un sueño intermitente en cuanto la descarga de adrenalina remi-tió. Sin embargo, despertó poco antes del alba y, en aquellos breves instantes de duermevela, juraría haber oído unos pasi-tos quedos en el pasillo.

Trabajo de oficina

Álex se despertó de mal humor al día siguiente y siguió enfurruñado cuando la doctora Aditi los llevó al Museo Británico. Sumido en pensamientos sombríos y rencorosos, veía desfilar la ciudad al otro lado de la ventanilla. El coche se detuvo en el mismo aparcamiento que el día anterior, pero se percató de que el vigilante había cambiado y de que este parecía mucho menos relajado.

Mejor. Él también estaba de los nervios. No se podía creer que hubieran perdido tanto tiempo calentando motores en el Museo Campbell mientras su madre seguía prisionera en alguna parte. La idea de que pudiera estar sufriendo —que siempre rondaba su pensamiento— se instaló en su mente como un iceberg que perfora el casco de un barco.

Los tres se apresuraron hacia la entrada del personal y subieron al despacho de la doctora Aditi. Álex echó un vistazo rápido al enorme museo: salas inmensas, flamantes vitrinas en las que se exponían valiosas antigüedades y montones de visitantes, que ya atestaban el lugar. Todo lo contrario de la Cochambrosa colección Campbell, aunque muy parecido al Metropolitano. Cuando se volvió hacia Ren y la vio mirando el museo de hito en hito, le entraron ganas de gritarle: «¡No hemos venido a hacer turismo!»

Recorrieron a paso vivo un imponente atrio y pasaron junto a la colección egipcia, que estaba cerrada al público. En la entrada, leyó un cartel que advertía: ESTA GALERÍA SE ENCUENTRA EN PROCESO DE MONTAJE. ROGAMOS DISCULPEN LAS MOLESTIAS. Pensó en lo que implicaba el «montaje» en el caso del Metropolitano: de todo, desde momias intranquilas hasta antiguas enfermedades.

El despacho de la doctora Aditi era un caos: papeles y carpetas por todas partes, persianas torcidas... A Álex le bastó un solo vistazo para comprender qué había pasado:

—Han allanado su despacho, ¿verdad? —adivinó. *¿Por eso perdimos ayer todo el día?*, quiso añadir.

Ren y él se sentaron en las dos butacas que había delante de la atestada mesa y su anfitriona se acomodó detrás. su amiga abrió su cuaderno y aguardó la respuesta. Para Álex, aquellas «prácticas» no eran sino una tapadera, pero estaba seguro de que para Ren significaban algo más. Sumarían puntos en su currículum de cara al demoledor proceso de admisión de los institutos de Manhattan. La libreta abierta de su amiga y su nuevo vestido azul, apropiado para un primer día de clase, confirmaron sus sospechas.

La doctora Aditi lanzó una ojeada a la entrada para asegurarse de que la puerta estaba cerrada. Entonces, emitiendo un largo y agotado suspiro, comenzó:

—Sí —dijo—. El vigilante que visteis ayer está en el hospital. Le han inyectado un sedante para caballos, por lo que parece. Tiene suerte de estar vivo. Todas las carpetas que veis sobre mi mesa estaban en el suelo. Y habían sacado los documentos, muchos de ellos confidenciales.

Ren escribió a toda prisa en la libreta.

—¿Los hombres del aeropuerto? —preguntó.

—Es de suponer —repuso Aditi.

—¿Y qué buscaban?

—Esa es la cuestión —prosiguió la egiptóloga—. Que sepamos, solo se han llevado la carpeta que contenía los Conjuros Perdidos. El oficial, por lo menos. Mi archivo privado se encuentra en el ordenador, protegido por unas cuantas contraseñas. No creo que hayan dado con él.

Álex visualizó a la banda de matones del aeropuerto: no parecían piratas informáticos, precisamente. Sin embargo, algo no le cuadraba.

—Pero ¿para qué quieren la información que tenemos sobre los Conjuros Perdidos? Tienen los mismos Conjuros. Los robaron del Metropolitano cuando secuestraron a mi madre.

—Puede que no sepan qué tienen exactamente —aventuró Aditi. Guardó silencio un instante—. Pero deberíamos considerar la posibilidad, cuando menos, de que no los tengan.

Las connotaciones de aquella última frase inundaron la mente de Álex.

—Pero… —empezó a decir. Luego renunció—. Vale, da igual —replicó, sin molestarse en disimular su contrariedad. No estaba de acuerdo, pero no quería seguir hablando de eso—. Sea como sea, tenemos que empezar a buscar.

—¿Disculpa? —preguntó la doctora Aditi, lanzándole una mirada de reproche desde el otro lado de su atestado escritorio.

Álex la desafió con la mirada.

—Tenemos que empezar a buscar. O sea, ahora.

—¿Acaso eres tú el que toma las decisiones? —replicó ella.

—No —reconoció él, aunque le habría gustado—. Pero es *evidente*. Tenemos que salir y averiguar qué está pasando. Por eso estoy… —Se percató del lapsus casi demasiado tarde y miró a Ren—. O sea, por eso estamos aquí, ¿no?

Ahora las dos lo miraban con reproche.

—Te lo diré con toda franqueza —repuso la doctora Aditi—. Estás aquí —se echó hacia delante—, porque los dos habéis hecho esto antes y porque tú, Álex, eres la única persona que sabe usar el escarabeo. Lo necesitaremos si hay un Caminante de la Muerte suelto como, según parece, es el caso.

—Y también necesitamos el Libro de los Muertos —apuntó Ren.

Álex se volvió a mirarla, molesto de que su amiga intentara ganar puntos como becaria cuando él solo quería empezar a trabajar. Sin embargo, algo de razón tenía. La pequeña muestra de la Colección Campbell no les servía de nada. La doctora Aditi empezó a responder, pero él la interrumpió.

—¿Lo tiene? —preguntó—. ¿Nos lo puede prestar?

Ella lo miró y aguardó un momento antes de responder.

—Esto es el Museo Británico. Podríamos pedir que os lo prestaran… al menos un par de pergaminos. Pero primero tenemos que averiguar a qué nos enfrentamos.

—Para saber qué hechizo nos hace falta —añadió Ren, y a Álex le entraron ganas de soltarle que cerrara el pico. Echó un vistazo a la libreta de la chica y advirtió que estaba redactando una lista: tres frases numeradas, aunque no podía leerlas bien.

—Exactamente —asintió Aditi.

—Vale, *felicitaciones* por decirnos lo que ya sabemos —le espetó él.

—No seas idiota —le soltó Ren.

—Pues tú no te pongas en plan pelota —replicó Álex. Ella lo fulminó con la mirada, pero el chico ya se había vuelto hacia Aditi—. Todo eso solo significa que tenemos que comenzar la búsqueda.

—*Antes*, necesitamos información —repuso la mujer sin alzar la voz.

Cuanto más se impacientaba Álex, más se empeñaba ella en

71

mostrar tranquilidad. El chico se puso a tamborilear con los dedos en el muslo.

—Y deberíamos empezar por repasar lo que ya sabemos —prosiguió la egiptóloga, haciendo caso omiso de la expresión exasperada de Álex—. Solo abandonaremos el museo cuando sea absolutamente necesario. No tenéis más que doce años, al fin y al cabo, y estáis a mi cargo.

Álex se desplomó en la silla. Dejó de tamborilear. No podía discutir eso.

La doctora Aditi extrajo dos sobres de manila del cajón superior de su escritorio.

—De momento, he impreso un dosier para cada uno —dijo—. Incluye todo lo sucedido en Londres hasta la fecha. Echadle un vistazo. A ver si os suena algún detalle. Os instalaré en un despacho vacío.

Álex no se lo podía creer. *Un Caminante de la Muerte anda suelto, lluvia roja, mi madre sigue desaparecida. La Orden campa a sus anchas y ¿quiere que nos pasemos el día haciendo deberes?* Miró a Ren de soslayo buscando apoyo, pero ella ya tendía la mano hacia el sobre con ademán ansioso.

Tenían que averiguar la identidad de aquel nuevo Caminante, pero ese tipo de información no aparece en el periódico, ¿verdad? O sea, a nadie se le ocurriría *entrevistarlo*.

Cuando la doctora Aditi se echó hacia delante para tenderle a Álex su sobre, la fina cadena de oro que le rodeaba el cuello asomó por su escote. Él la miró atentamente. *¿Llevará un amuleto prendido a ella? ¿Qué forma tendrá? ¿Qué poderes?* Sin embargo, solo vio una piedra verde del tamaño de una goma de lápiz. No daba crédito a sus ojos. *Ni siquiera tiene un amuleto.*

Tomó el dosier y se apoltronó nuevamente en la silla. *Genial*, pensó.

Siguieron a la doctora Aditi al despacho vacío. Ren formuló

una nueva pregunta de camino hacia allí.

—¿Las momias siguen…, bueno, en el museo?

—Aparece todo en el dosier —repuso Aditi—. Pero sí. Una de ellas parece un tanto… inquieta, pero todas continúan en su sitio.

El despacho era más bien una sala pequeña de reuniones, pero daba igual. Álex no tenía la menor intención de quedarse mucho rato. Leyó lo suficiente para hacerse una idea del contenido y hojeó el resto. Ren, en cambio, lo leyó todo de cabo a rabo sin hacer ningún comentario. Se daba cuenta de que estaba enfadada con él, pero no sabía por qué. Al fin y al cabo, se había limitado a constatar lo obvio. *Bueno, excepto eso de hacer la pelota*, reconoció para sí.

Por fin, Ren se acomodó en la silla, sacó dos hojas del dosier y procedió a anotar algo en su libreta.

—¿Qué haces? —preguntó Álex.

—Esto es muy interesante —dijo Ren.

—¿Ah, sí? —replicó él.

—Estas dos hojas —aclaró ella, y las empujó hacia su amigo.

—Ah, es que… No he llegado hasta ahí.

Ren no dio muestras de sorpresa.

—Hablan de los robos a las tumbas —explicó—. Los dos se produjeron en el mismo sitio.

Vale, por fin llegamos a alguna parte, pensó él.

—¿Está lejos?

—Al norte de la ciudad —repuso Ren al tiempo que extraía una tercera hoja—. Pero en tren será un momento.

La rodilla de Álex empezó a agitarse bajo la mesa.

—Salgamos de aquí —dijo—. Vayamos a echar un vistazo.

Empieza la investigación

Lo más difícil de escapar del museo fue convencer a Ren. El resto, pan comido. Los museos grandes se parecían mucho en ambos lados del Atlántico, y pasaron junto a los despachos con sus ensayados andares de «hijos de personal del museo». Sabían, por su experiencia en el Metropolitano, que nadie te pide que te identifiques al salir.

Se plantaron en la calle en dos patadas.

—Vale, ¿y dónde se produjeron los robos? —preguntó Álex, que ahora iba lanzado.

—En el cementerio de Highgate —contestó Ren con un dejo de recelo en la voz.

Álex tuvo la sensación de que su amiga esperaba algún tipo de reacción por su parte. Negó con la cabeza y adoptó una expresión que venía a decir: *Ni idea.*

—Es superfamoso —aclaró Ren, como si le diera una pista—. ¿Antiguo y siniestro?

Álex se encogió de hombros.

—¿Cómo vamos?

Ren buscó los mapas que venían al final de la guía. Álex vio un bosque de pósits verde menta pegados a las páginas.

—Desde aquí tenemos que ir a... —empezó a decir. A continuación alzó la vista, con unos ojos como platos—. ¡La calle Goodge!

Álex cerró el puño con gesto triunfal. Aquella parada de metro era una de las pistas que los había llevado a Londres de buen comienzo, cuando dieron con el nombre en un trozo de papel quemado que encontraron en la guarida subterránea de La Orden, en Nueva York.

Ren levantó la mano para chocar los cinco, pero el teléfono de Álex escogió aquel momento para avisar de un mensaje entrante y dejó a su amiga ahí esperando. Helados, miraron la pantalla.

—¿Es la doctora Aditi? —preguntó Ren.

—No, es Luke otra vez —repuso él antes de cambiar el teléfono a modo silencio. Ren lo imitó: acostumbraban a hacerlo cuando salían de misión.

—Acuérdate —dijo Ren—. Echamos un vistazo, volvemos directamente al Museo Campbell y le decimos a la doctora Aditi que nos hemos marchado para estudiar los dosieres en casa. Algo que, por cierto, no estaría mal que hicieras.

—Claro —asintió Álex. A Ren se le daba mejor que a él inventar excusas, en cualquier caso. La suya siempre era la misma —estaba enfermo— y no tenía que inventarla; era la pura verdad. Pero ahora no. Rebosaba energía y tenía un objetivo.

La parada de la calle Goodge estaba en el recorrido de la línea Northern, que se encontraba a un paseo de distancia. Llegaron a la estación, compraron los billetes y tomaron un ascensor que descendió varios pisos.

—Es mucho más profundo que el metro de Nueva York —comentó Ren—. No me hace mucha gracia estar aquí.

—¿Por qué no? —preguntó Álex cuando las puertas del ascensor se abrieron y salieron a una red de túneles cubiertos de baldosas blancas.

—Es como estar en una tumba —repuso ella.

Álex asintió. Él también había estado pensando en tumbas últimamente. El amuleto rebotaba contra su pecho según se encaminaban al tren. El escarabeo era el símbolo del que regresa, un viajero entre el mundo de los vivos y el de los muertos. Él había visitado ambos mundos y últimamente le asaltaba una idea:

Tal vez aún siguiera entre los dos.

Highgate

Salieron en la estación de Archway y procedieron a remontar la larga cuesta de Highgate Hill. El barrio se tornaba más limpio y tranquilo a medida que ascendían; las mugrientas fachadas cedieron el paso a filas de bonitas casas a ambos lados de la calle.

Álex quería encaminarse directamente al cementerio, pero Ren insistió en que se desviaran para echar un vistazo a los lugares donde se habían producido las desapariciones. Desanimado, el chico se rezagó unos pasos cuando tomaron una calle perpendicular a la cuesta.

Poco después, se detenían ante el jardín de la vivienda de los dos primeros desaparecidos. Se trataba de una construcción pareada, pero la cinta azul y blanca de la policía no dejaba lugar a dudas de cuál era la puerta que estaban buscando.

—Dos hermanos, de diecisiete y dieciocho años —dijo Ren a la vez que echaba un vistazo a la copia de la noticia—. La policía pensó que se habían escapado.

—Hasta que se produjo la siguiente desaparición —apuntó Álex.

No les costó demasiado dar con el siguiente escenario. Las casas no eran exactamente vecinas, pero ambas se encontraban en la falda de la colina. Tenían información de sobra acerca de ese chico.

—Un chaval de once años... Robbie —recordó Ren.

Álex asintió.

—La pareja del aeropuerto... su sobrino —dijo. Aún podía ver los ojos de los tíos del chico: muy abiertos, preocupados, rodeados de sombras que delataban demasiadas noches de insomnio. Su propia madre tenía ese mismo aspecto cuando la salud de Álex alcanzó un estado crítico.

Sacudió la cabeza con fuerza para ahuyentar la imagen. Era una vieja costumbre que había empeorado últimamente. Ren fingió no percatarse, como siempre. Por contra, hojeó el dosier en busca de detalles.

—Dormía en la planta baja —informó—. Encontraron la ventana abierta al día siguiente.

—¿Forzada? —preguntó Álex.

—No —dijo Ren—. La habían abierto desde dentro.

El chico posó los ojos en la ventana del dormitorio. Se le heló la sangre. Había visto a un acólito de La Orden llamado Al-Dab'u, el que portaba una máscara de hiena, controlar mentalmente a todo un equipo de obreros. Sabía que Todtman le había lavado el cerebro a un agente de policía. Y ahora un chico abría su ventana y saltaba directamente a los brazos de la noche. Quienquiera que hubiera secuestrado a aquellas personas —La Orden o el Caminante— sin duda los había llevado a un mismo lugar. Tenía que averiguar adónde.

—Vamos al cementerio —dijo.

—Bueno, aún nos queda un desaparecido —objetó Ren. Señaló hacia abajo—. Es por allí, pasado el final de la pendiente.

Álex no quería volver atrás.

—Será otra estúpida casa —replicó.

—Las casas no son estúpidas —arguyó la chica.

—Bueno, pues tampoco son inteligentes —le espetó Álex—. Y no van a empezar a abrir y cerrar la puerta y a hablar.

—¿Por qué estás tan antipático? —le reprochó ella.

—¿Por qué crees?

Ren farfulló algo, pero Álex no lo entendió.

—¿Por dónde se va al cementerio de Highgate? —se limitó a preguntar.

Ella señaló el final de la cuesta.

La cabeza de Álex se llenó de ideas morbosas según iniciaba un trabajoso ascenso que le habría resultado imposible pocas semanas atrás. Pronto cogió el ritmo y tomó la delantera. Supo que se estaban acercando al viejo cementerio.

Notaba cómo el amuleto se calentaba con cada paso.

Ren, por su parte, sintió un escalofrío en la espalda. Se encaminaban al cementerio de Highgate. Más antiguo que algunos estados de Estados Unidos, desde la Primera Guerra Mundial no cabía una tumba más en el lugar. Casi un siglo de musgosa maleza y abandono lo había convertido en un lugar escalofriante, con fama de encantado.

—Ahí está —dijo Álex.

—Ya lo veo —repuso ella—. Espera.

Una verja de hierro rodeaba la zona oeste, la más vieja (y aquella en la que habían tenido lugar los profanamientos). No se podía entrar, salvo con la visita turística diaria. Aunque consiguieran pasar, no encontrarían a nadie allí dentro. A nadie vivo, cuando menos.

Álex no redujo la marcha y Ren tuvo que correr para seguir sus largas zancadas. Por fin, divisaron la entrada. Una gran construcción de piedra con un pesado portalón de hierro en el centro dividía la verja de hierro que se extendía en ambas direcciones. Ren pensó que, más que la entrada a un cementerio, parecía la puerta de un castillo.

Lanzando un profundo suspiro, Álex clavó la vista en el portalón. Ren adivinó lo que su amigo estaba viendo: otro obstáculo en su camino. Se estaba portando como un idiota —otra vez—, pero esta actitud, como mínimo, podía entenderla. Ella nunca había estado tan unida a sus padres como él a su madre, pero le sorprendía lo mucho que los echaba de menos.

A pesar de todo —pensó mientras cruzaban la calle—, *Álex podría ser más amable. No es el único que hace sacrificios.* Alzó la vista hacia el callado cementerio. *Y desde luego no es el único que corre riesgos.*

No parecía que hubiera nadie por allí cuando se acercaron a la puerta.

—¿Qué hacemos? —preguntó Álex—. ¿Llamamos?

Una puerta se abrió en la construcción de piedra, a la derecha del portalón.

—¿Querían algo?

Todo aquel que ha pasado algún tiempo en un museo —y Ren había pasado mucho— acaba por familiarizarse con cierto tipo de dama. Educada, pulcra, segura de sí misma y vestida de punta en blanco. La mujer que tenían delante encarnaba el modelo a la perfección. Podría haber sido la reina de las voluntarias.

—Ah, jovencitos —dijo—. Me habéis asustado. Las cosas andan un poco… revueltas por aquí últimamente. Lo siento, pero la visita ya ha terminado. Volved mañana, a las dos menos cuarto en punto —se interrumpió para echar un vistazo a su alrededor y frunció un poco el ceño—. Y venid con vuestros padres, ¿os parece?

—Esto… es que… —empezó Álex.

Ren abrió los ojos como platos. Álex era muy listo, a su manera (desde luego sabía un montón sobre el Antiguo Egipto), pero ahora estaba improvisando y eso no siempre daba buen resultado.

—Somos… parientes —prosiguió—. De uno de los… esto… difuntos. Que hay dentro.

Interesante, pensó Ren. Por lo visto, la mujer pensó lo mismo, porque lo dejó continuar. Y él se animó.

—¡Sí! —dijo—. Hemos venido desde Estados Unidos y mañana volvemos a casa. Pensábamos que… a lo mejor…

—¿Queréis visitar la tumba? —apuntó la voluntaria.

Álex asintió con entusiasmo.

—Ya veo —dijo la mujer—. ¿Y cómo se llama ese pariente vuestro?

—Es inglés —empezó Álex. Ren comprendió que estaba ganando tiempo—. Se llama, esto, Londres…

Ren hizo una mueca de dolor.

—¿Londres? —preguntó la dama.

—Sí —continuó el chico—. Londres, esto, Penny… feather.

—Londres Pennyfeather —repitió la mujer en tono apagado, como si sopesara las palabras.

Álex le dedicó una sonrisa esperanzada.

—Lo siento —replicó la otra—. Va a ser que no.

Se dio media vuelta sobre los tacones de sus elegantes botines de piel y despareció en el pequeño edificio.

—¡Volved mañana! —gritó instantes antes de cerrar la puerta tras ella.

Ren pasó la vista de la puerta a la verja y de ahí a Álex.

—¿Londres Pennyfeather? —le preguntó.

Álex bajó la vista avergonzado.

—Sí —musitó—. El viejo Pennyfeather, el bueno de mi tío abuelo.

Ren soltó una risita y Álex negó con la cabeza, compungido. Era agradable compartir una broma otra vez.

Pero el chico perdió la sonrisa enseguida, que mudó en una expresión decidida. El cambio fue tan repentino que Ren no tuvo tiempo de reaccionar, y su propia sonrisa seguía pegada a su rostro cuando Álex hundió la mano en el cuello de su camiseta para sacar el amuleto.

—Yo sé cómo entrar —dijo.

Avenida Egipcia

Álex esperaba que sonara un chasquido, pero en vez de eso el metal repicó con estrépito.

No era la primera vez que abría una puerta con ayuda del amuleto, pero sin duda esta era la más grande… y la más antigua, con todo un siglo en su haber.

—¿Lista? —dijo al tiempo que se volvía a mirar a Ren. La encontró guardando el sobre en su bandolera. Ella asintió. El tiempo de estudio había concluido. Era la hora de presentarse al examen.

Álex soltó el amuleto y empujó el portalón.

Portalón: ¡CREEEEC!

Puerta: ¡THUMP!

Mujer: ¡Salid de ahí ahora mismo!

Álex y Ren echaron a correr como alma que lleva el diablo. Sus pies golpeaban con fuerza el suelo de piedra del camposanto y el sobre de Ren cayó de la cartera.

—¡Oh, no! —se lamentó esta.

Álex se dio media vuelta y vio papeles escampados por la piedra. La mujer se precipitaba hacia Ren.

—¡Venga! —gritó él—. ¡Solo son hojas impresas!

Ren reanudó la carrera, y Álex y ella se alejaron rápidamente. Llegaron a la linde del cementerio y él sintió que lo invadía una absurda euforia cuando empezó a subir los peldaños de dos en dos. Durante doce años había sido siempre el niño enfermo, el delicado. Ni siquiera recordaba la última vez que había aguantado una clase de educación física hasta el final.

Pero ¿ahora? Sus greñas revoloteaban al viento mientras corría. *A pesar de todo* —pensó— *regresar de entre los muertos tiene sus ventajas*. Imaginó a su madre, encerrada con él en la habitación del hospital, recitando el conjuro que le había proporcionado aquella nueva vida. *Fue lo último que hizo por mí...* Sacudió la cabeza, con fuerza, sin dejar de correr.

Antiguas lápidas asomaban a ambos lados del pasillo central, grandes monumentos de piedra con manchas de musgo a los lados y liquen adherido a la superficie de la losa. Muerte, decadencia y vida, todo al mismo tiempo.

—¡Por aquí! —le gritó a Ren, que corría unos pasos más atrás. Cambiaron de rumbo sin reducir la marcha y se dirigieron a un lodoso camino secundario. Los árboles cuidadosamente podados en su día habían formado una selva con el paso de los años y ahora invadían el sendero.

Llevaban recorridos unos veinte metros cuando se detuvieron.

—Creo que la hemos dejado atrás —dijo Álex, resollando y resoplando.

—La hemos dejado atrás —empezó Ren antes de interrumpirse para coger aire—, diez metros después de que nos alcanzara. —Otro resoplido—. No ha llegado a salir del patio.

Tomaron aliento unas cuantas veces más antes de incorporarse y echar a andar.

—No me puedo creer que haya perdido el dosier —se lamentó Ren.

—Solo eran noticias del periódico y cosas así —la consoló

Álex, y más o menos tenía razón. Salvo por la última página, una carta de la doctora Aditi que incluía el membrete oficial del museo.

—Da igual —dijo Ren—. Creo que recuerdo dónde se produjo el primer incidente.

Mientras caminaban, observaban las trabajadas esculturas que custodiaban las tumbas: ángeles, cruces y otras tallas más sorprendentes. Muchas de las lápidas especificaban el oficio e incluso la dirección del difunto. Otras proporcionaban detalles acerca de su vida.

—Me juego algo a que esa era la mascota del muerto —comentó Ren, a la vez que señalaba la triste escultura de un perro acurrucado junto a una tumba.

—Me juego algo a que este de aquí era conductor de carrozas —añadió Álex, indicando el gran carruaje de piedra que se erguía sobre el sepulcro—. Este lugar me recuerda a Egipto.

—¿Por esas… cosas parecidas a sarcófagos? —sugirió ella, señalando el más próximo. En aquella zona los cuerpos no estaban enterrados, sino sepultados en tumbas de piedra, sobre la superficie de la tierra.

Álex lo miró. La semejanza con un sarcófago egipcio era evidente.

—Sí, y también, no sé, la idea de que te puedes llevar a tus mascotas contigo —señaló la estatua del perro—. A ese le caería bien tu nueva amiga, ¿sabes?

—Aquella gatita producía escalofríos —dijo Ren, aunque con una sonrisa en el rostro. Se detuvo y señaló un sepulcro que se erguía unos metros más adelante—. Ahí está la primera.

Los rasgados restos de la cinta azul y blanca de la policía anunciaban el escenario del crimen a los cuatro vientos. Se acercaron despacio.

—Calvin Burberry —leyó Álex en el bajorrelieve del gran

ataúd de piedra—. Parece como si dos marcas de ropa se hubieran casado.

La losa volvía a estar en su lugar, pero Álex se fijó en la línea irregular de cemento fresco que la recorría. Debía de pesar una tonelada, pero la habían retirado y partido en dos como un plato para llevarse lo que había dentro. ¿Qué... o a quién?

—Aquí dice que Calvin era orfebre —observó Ren.

Alex leyó el epitafio, ORFEBRE DE LOS NOBLES Y LA REALEZA, y estudió la opulenta tumba.

—Si se pudiera llevar consigo lo que quisiera —preguntó—, ¿qué escogería un famoso orfebre?

Remontaron la cuesta hasta la próxima tumba, Ren encabezando la marcha y ambos revisando mentalmente las nuevas piezas del puzle.

—También saqueaban tumbas en el Antiguo Egipto —comentó la chica.

—Sí, pero, en aquel entonces, si te pescaban te cortaban la mano.

—Qué horror —se estremeció ella. Entonces tuvo otra idea—. Esto me recuerda al robo de las joyas de la Corona. El oro, quiero decir. Es curioso, igual que...

—El Hombre Aguijoneado —apuntó Álex al recordarlo—. Decoraba su tumba con objetos robados, de lujo.

—Sí, pero aquí debía de haber algo más que cosas bonitas —observó Ren—. Esto debía de ser un tesoro.

Álex asintió. Un tesoro robado de una tumba...

—Vamos a echar un vistazo a la siguiente.

Siguieron andando colina arriba y doblaron un suave recodo.

—Aquí está —dijo Ren—. Y tú que decías que aquella otra zona te recordaba al Antiguo Egipto...

Álex no daba crédito a lo que veían sus ojos. Un enorme arco de piedra flanqueado por dos columnas talladas descollaba ante ellos. *Puede que esté en una colina inglesa* —meditó Álex—, *pero el estilo es cien por cien Nilo.*

—Lo llaman la Avenida Egipcia —apuntó Ren, demostrando así que merecía los puntos que había ganado.

Álex entendió enseguida el motivo de aquel nombre.

—Es la fachada de un mausoleo —comentó después de fijarse en las flores de loto talladas—. O sea, podrías colocarlo en la sección egipcia del Metropolitano y a nadie le extrañaría. El tamaño, el estilo, las columnas… todo.

—No todo —observó Ren, al tiempo que señalaba los oscuros umbrales que se alineaban a ambos lados del pasillo central, al otro lado del arco—. Estas tumbas están en la superficie.

Cruzaron el arco despacio y enfilaron por el pasillo. Las criptas se cernían a ambos lados, las gastadas fachadas de piedra deterioradas por el musgo y el tiempo, las pesadas puertas negras como la boca del lobo.

—No sé —dijo Ren, que se había rezagado unos pasos—. Quizá sería mejor volver con la doctora Aditi…

—¿Y eso de que serviría? —replicó Álex con desdén—. Ni siquiera tiene un amuleto.

—Ni yo tampoco —musitó Ren, pero Álex ya no la oía.

—Aquí esta —dijo.

Delante de él, una de las puertas negras colgaba de los goznes. Estudió la fachada.

—No lleva nombre, nada —dijo—. ¿Decían los artículos a quién pertenecía?

Con los ojos clavados en la oscuridad del recinto, Ren musitó la respuesta.

—No. Decía que los documentos se quemaron durante la Segunda Guerra Mundial.

—Qué raro —opinó Álex. Avanzó un paso más y asomó la cabeza para echar un vistazo al interior. El rayo de luz grisácea que se colaba por la desvencijada puerta iluminaba tres grandes vasijas de cerámica. Álex había visto unos recipientes idénticos en el Metropolitano, pero le pareció demasiada casualidad, aun estando en la Avenida Egipcia.

—¿Son… vasos canopos? —preguntó Ren al tiempo que se alejaba aún más.

Álex negó con la cabeza. Aquellos recipientes no eran los pequeños vasos ceremoniales que albergaban los órganos internos de los difuntos. Estos eran más grandes y funcionales.

—Contienen provisiones —dijo—. Para el más allá… Comida, bebida… Cereales, quizás…

Estaba tan fascinado que no notó el calor del amuleto contra su piel ardiente.

—Sabes mucho, chico —oyó. Como mínimo, eso le pareció. La voz era tan cavernosa y quebrada que costaba distinguir las palabras.

Los dos amigos se volvieron con brusquedad. Álex ya estaba preparando las excusas: «¡Mi tío abuelo! ¡Es un proyecto del colegio!» Pero lo que tenían ante los ojos no era una voluntaria, ni un encargado, ni un jardinero.

La sangre se le heló en las venas, y notó un grueso nudo en la garganta.

El hombre al que estaban mirando se erguía casi hasta la altura de las columnas. De mandíbula firme y torso ancho, todo en él era horrendo, abominable. Sus vestimentas, tal vez caquis en su día, mostraban ahora churretones de tierra y barro. El paso del tiempo y la decadencia habían arrebatado el lustre a las estridentes joyas de oro que le rodeaban el cuello y una de las muñecas. Su piel, moteada y ajada, parecía cuero reseco en algunas zonas, como la de una momia, colgante pellejo en otras, como un pálido anciano. El aliento entrecortado que escapaba de su boca delataba daños internos. Y, sin embargo, allí estaba, a plena luz del día, sonriéndoles con sus dientes amarilleados por el paso de años y años.

Álex comprendió de inmediato que su sonrisa no era la de una persona amistosa.

Sino hambrienta.

Álex buscó su amuleto, que reposaba leve en su pecho, a la vista.

Los ojos del ser siguieron el movimiento y atisbaron el objeto antes de que la mano del chico lo rodeara.

—Un escarabeo —rezongó con voz casi ininteligible.

De todos modos, él apenas lo oía. Los ojos del engendro acaparaban toda su atención.

Eran dos agujeros negros, puntos de puro vacío que flotaban en la suave luz grisácea del atardecer. Comprendió la verdad de inmediato, por instinto. Había visto aquella luz negra anteriormente. Esos ojos eran ventanas a la otra vida. Escudriñó el interior, paralizado.

—Caminante de la Muerte —dijo. Sus labios vocalizaron las palabras casi a su pesar.

La sonrisa del Caminante se ensanchó.

—Ssssí —siseó.

—¡Álex! —gritó Ren a su espalda—. ¡Vámonos!

La sonrisa se esfumó y el Caminante de la Muerte azotó la tierra blanda con sus recias y gastadas botas al desplazarse hacia delante. Un paso, dos… Unos cuantos más y estaría lo bastante cerca como para agarrar el amuleto. O su cuello.

Pero Álex se movía deprisa últimamente. Con un gesto que había ensayado cientos de veces en casa y otras tantas de noche en el parque, su mano izquierda agarró el amuleto al tiempo que la derecha se alzaba.

Se levantó un viento fantasmal. «El viento que anuncia la lluvia», considerado en Egipto una fuerza de renacimiento estacional. Las ráfagas empujaron al Caminante, igual que la última vez.

No bastó para detenerlo, pero sí para frenarlo y desequilibrarlo.

Alex bajó la mano y el ser trastabilló ante la súbita falta de resistencia.

El Caminante escupió varias palabras amorfas; él solo entendió dos: «Maldito seas».

Ren agarró a Álex por el hombro.

—¡Vamos!

El chico se la quitó de encima y levantó la mano por segunda vez. En lugar de abrir los dedos, los unió con fuerza. Era un gesto nacido de la desesperación y la angustia, pero funcionó. Esta vez no proyectó un muro de viento, sino una lanza de aire. La fuerza golpeó al Caminante en el hombro izquierdo. El ser se tambaleó y cayó sobre una rodilla.

En los breves segundos que el Caminante tardó en levantarse, Álex y Ren corrieron entre las hileras de criptas de vuelta al camino. Pero en el preciso instante en que ella tomaba el recodo que llevaba a la ladera, él se detuvo en seco. El Caminante apareció en el arco.

—¡Álex! —gritó Ren.

Pero este no se movió y, una vez más, Ren se acercó a su amigo de mala gana.

El enorme Caminante lo fulminó con la mirada, pero Álex no se arredró.

—¡Dime dónde está mi madre! —gritó.

El Caminante respondió a aquel chorro de dolor con un ronquido entrecortado y desolador, como la risa de un fumador.

Álex volvió a gritar: sin palabras, solo un aullido de frustración.

Otra vez levantó la mano, de nuevo con los dedos estirados. La lanza de viento zumbó en el aire, directamente a la cabeza del Caminante. El ser abrió la boca de par en par y se la tragó. El viento desapareció en el horrible vacío de su interior.

La boca se abrió más y más —como un pozo sin fondo— y se oscureció ante los ojos de Álex, que sintió una corriente de agua helada en su interior y luego algo más: un dolor desgarrador que parecía proceder de todo su cuerpo al mismo tiempo. Se sentía como si lo estuvieran *abriendo en canal*. De la cabeza a los pies: abierto en canal.

Oyó un grito y se volvió para comprobar su origen: Ren. A unos pasos de distancia, clavaba los talones en tierra y se inclinaba hacia atrás como para resistir la fuerza del viento que la atraía hacia el espantoso agujero. Y entonces el aire tembló y la imagen se desdobló, como si un reflejo de su mejor amiga abandonara despacio su cuerpo.

Su alma, comprendió horrorizado.

Bajó la vista y descubrió que lo mismo le estaba sucediendo a él, aunque no de igual manera. En lugar de los colores vibrantes que surgían del pequeño cuerpo de Ren, un tono gris y nublado empañaba su propio reflejo.

Fue como perder la esperanza, como ese momento angustioso en que comprendes que algo precioso se va a estrellar contra el suelo tras resbalar de tu mano. Así te sentirías si ese algo fuera tu vida y todo cuanto has amado.

En aquel instante de tristeza insoportable, supo que debía actuar. No solo por sí mismo, sino también por su amiga. Ahora veía la cabeza de Ren completamente desdoblada, y esa segunda imagen fluía desde su cuerpo en dirección al Caminante.

No tenía mucho tiempo. Ya se sentía casi vacío por dentro.

Lo invadía un frío intenso, casi glacial. Su mano todavía ceñía con fuerza el amuleto, la cabeza aún le dolía del esfuerzo, pero su mano derecha era incapaz de hacer nada salvo señalar el poderoso vacío que lo atraía.

Álex alzó la única parte de sí mismo cuyo control seguía manteniendo: los ojos. Volviendo la vista a lo alto, escudriñó el espacio que se extendía sobre el camino.

Encontró lo que estaba buscando.

Clavó la mirada.

Entonces, con toda la energía y la fuerza de voluntad que le quedaban, asintió con un gesto seco.

La rama que estaba mirando se dobló.

¡CRRRRRAACCCCC!

El Caminante alzó la vista sorprendido, dirigiendo así la boca a la rama que se inclinaba hacia él. Al momento, un translúcido reflejo de madera y hojas se despegó de ella y se hundió en las fauces abiertas. Instantes después, la rama se estrellaba contra el gigantesco cuerpo, arrastrando consigo al nauseabundo ser.

Soy libre.

Álex lo supo de inmediato. Respiró profundamente y oyó que Ren hacía lo propio a su lado. Y fue consciente de que algo más que el aire regresaba a sus cuerpos.

Esta vez fue él quien gritó:

—¡CORRE!

Salieron disparados colina abajo. Álex se había equivocado al embarcarse en esa lucha. Utilizó el amuleto en su día para devolver al primer Caminante a la otra vida e intuía que le tocaría hacer lo mismo con este. Por eso habían viajado a Londres.

Sin embargo, también era consciente de que necesitaba algo más: el Libro de los Muertos, el conjuro apropiado, el momento idóneo; que sin duda no era este. Debían reagruparse, hacer planes. Tenían que escapar.

Un fragor resonó a sus espaldas, el ruido de la madera al romperse, y apuraron la marcha. Álex notaba cómo sus agitados pulmones bombeaban calor en su cuerpo helado. Seguían corriendo como alma que lleva el diablo cuando la construcción de la entrada asomó a lo lejos. Desde aquel punto elevado, atisbó algo que no había visto anteriormente: una puerta lateral, más pequeña. Sin duda ofrecía más posibilidades para huir que el portón principal; y no quería conducir a aquel engendro hasta la mujer del cabello cano.

Llegaron juntos a la puerta lateral y la empujaron con fuerza. Volvieron a cerrarla antes de bajar lanzados por la calle Swain. Pasaron junto a la casa de los hermanos desaparecidos, pero siguieron corriendo. No se detuvieron hasta llegar al grupo de casas y tiendas del fondo. Los transeúntes los miraron extrañados, pero él estaba demasiado preocupado por Ren como para percatarse. Por fin, ella se volvió a mirarlo. Farfulló sus primeras palabras entre resuellos ansiosos.

—Debía de… estar allí… para… saquear otra… tumba.

Álex asintió, aliviado de volver a oír su voz. Echando algún que otro vistazo a su espalda, se desplomaron en el primer banco que encontraron. Levantó la cara hacia el sol, cuyo blanquecino contorno apenas era visible tras un banco de nubes vespertinas. Ren lo imitó. El calor los reconfortó.

Entonces sacó el móvil para llamar a la doctora Aditi, pero la batería estaba descargada. No se preguntó por qué ni se molestó en consultarle a Ren si a su teléfono le sucedía lo mismo. Se quedaron sentados de cara al cielo, los ojos cerrados contra el pálido sol, los labios amoratados de frío.

Vacío

La doctora Aditi asintió con educación mientras la mujer del cementerio le echaba la bronca.

—Sí, nosotros también tenemos becarios, pero los nuestros saben comportarse.

—Lo siento mucho —se disculpó con ella—. Le aseguro que no volverá a pasar.

—Bueno, eso espero.

La egiptóloga recurrió a su mejor baza.

—Son americanos. Enérgicos, pero…

—Es una manera de expresarlo, supongo —replicó la mujer. Dudó si seguir hablando y por fin lo soltó—. Sí, sí, ya lo creo que eran enérgicos. Y también ingeniosos. No me explico cómo se las han arreglado para abrir el cerrojo.

—Creo que les enseñan a hacerlo en los colegios de por allí —improvisó la egiptóloga.

La mujer sacudió la cabeza levemente y su ceño se despejó por fin.

—Yanquis… —dijo Aditi, y las dos compartieron una sonrisa cómplice y traviesa.

La conserje le tendió la carta que se le había caído a Ren,

con el número que había usado para llamarla marcado con un círculo rojo.

—Esto es suyo, creo.

—Gracias —dijo Aditi al tiempo que recuperaba la lista de teléfonos de emergencia—. Si el museo puede hacer algo por ustedes, no dude en decírmelo.

—Siempre andamos cortos de fondos.

Otra sonrisa cómplice. La conserje volvió a su puesto y Aditi echó a andar colina arriba. Lanzó un suspiro fatigado cuando, dejando atrás los peldaños de piedra que ascendían por la linde del cementerio, vio el sendero principal, ligeramente enfangado. Su calzado no podía ser menos apropiado para un lugar como aquel.

—¡Álex! ¡Ren! —gritó—. ¡Venid, por favor! ¡No estoy segura de que sea del todo… seguro estar aquí!

Se detuvo a mirar el camino que discurría ante ella y luego echó un vistazo inquieto por encima del hombro. Revisó el teléfono: sus mensajes y llamadas seguían sin respuesta. Se lo guardó en el bolsillo y reemprendió la caminata. Todtman le había advertido que los chicos tenían «iniciativa», según sus propias palabras. Le había dado a entender que se trataba de algo positivo. Ella no estaba tan segura.

—¡Álex! —llamó—. ¡Ren!

Nada. Inspiró profundamente, cogió fuerzas y siguió andando. Dobló un suave recodo y se encontró con una rama de árbol muerta, partida en dos sobre el sendero.

Qué raro, pensó. Todo parecía estar bien cuidado por lo demás. Alzó la vista para asegurarse de que no hubiera otra rama a punto de caer. En ese momento, oyó unos pasos pesados a su espalda.

—¿Álex? —preguntó al tiempo que se volvía a mirar—. ¿Re..?

Su voz murió en la garganta.

Le respondió un graznido cascado.

—Hola, cariño.

Dos manazas la agarraron por los hombros. Ella forcejeó para liberarse, tal como le habían enseñado: las dos manos a una muñeca, busca el punto débil de tu adversario. No le sirvió de nada. Un torno de piedra la inmovilizaba.

Sonidos entrecortados brotaron de los labios del ser, y esta vez Aditi entendió una sola palabra: «Hambre». La lucha con el guardián del amuleto le había arrebatado algo. Necesitaba alimento.

Aditi lo fulminó con la mirada. La muerte y el más allá lo habían desfigurado, pero lo reconoció igualmente.

—Te conozco —dijo, y le escupió en la cara.

Si levanta la mano para limpiarse, a lo mejor me lo puedo quitar de encima.

No lo hizo.

Las poderosas manos se le clavaron en los hombros cuando, abriendo la boca de par en par, el ser le mostró su propio fin. El mundo se congeló y lo último que la egiptóloga vio mientras sus ojos se tornaban blancos y sus labios se ennegrecían fue a sí misma abandonando su cuerpo.

Álex tenía la cabeza como un bombo cuando tomaron el metro para volver al Museo Campbell. Utilizar el amuleto siempre le provocaba dolor de cabeza, y cuanto más dominaba el objeto más parecían empeorar las jaquecas. Su machacado cerebro repasó los acontecimientos lo mejor que pudo. Una tumba despojada del oro que contenía, otra que albergaba vasijas egipcias y un Caminante de la Muerte vestido de… ¿qué, exactamente? No sabía a ciencia cierta qué había debajo de toda aquella porquería, pero le había parecido un color… ¿caqui? Visualizó el rostro del hombre: destrozado, pero pálido. Recordó sus palabras: cavernosas y entrecortadas, pero hablaba en inglés. ¿Cómo era posible que un Caminante de la Muerte —que había regresado a la vida gracias a los Conjuros Perdidos del Antiguo Egipto— hablara en inglés?

Volvió su dolorida cabeza hacia Ren. Si alguien podía sacar conclusiones de todo aquello… Pero saltaba a la vista que Ren no estaba en condiciones de pensar en nada. Temblando ligeramente a su lado, parecía más pequeña y frágil que nunca.

Ella advirtió que Álex la miraba.

—Me siento tan… vacía —dijo. Abrió la boca para explicarse mejor, pero no encontró las palabras. Bajó la vista al suelo del tren como si hubieran caído allí.

Álex se limitó a asentir. No podía hacer nada más. Entendía perfectamente a qué se refería. Conocía el peso del corazón y la sensación de tener un pozo en el estómago. Sabía muy bien cómo se sentía. Su alma ya había abandonado su cuerpo en otra ocasión, al fin y al cabo. Viajaron sumidos en un pesado silencio.

Para cuando llegaron a la sede de la Colección Campbell, el dolor de cabeza había mudado en una migraña en toda regla. Somers los aguardaba en la recepción con un solo mensaje:

—La doctora Aditi os está buscando. Os habéis metido en un lío.

Ya lo sabían. Un Caminante de la Muerte campaba a sus anchas por la ciudad. Subieron las escaleras con paso cansino, dejando atrás a unos cuantos visitantes rezagados. Álex buscó entre sus cosas la caja de aspirinas, tomó tres y se desplomó en la cama.

La presión en la cabeza le resultaba insoportable. Se deslizó hacia la inconsciencia, ansioso por alcanzarla. Ren le gritó algo acerca de unos mensajes a través de la pared. Había conectado el teléfono.

Él no respondió. Había comenzado el día de mal humor. Lo terminaría en la más absoluta oscuridad.

97

Pelea

Álex durmió toda la tarde y buena parte de la noche. Sin embargo, como había bebido agua en abundancia antes de meterse en la cama, despertó alrededor de las cuatro de la madrugada presa de una urgencia inminente. De su dolor de cabeza solo quedaba un mareo difuso y un latido sordo en las sienes. Ahora, su principal problema era otro: los servicios del museo estaban en la segunda planta. Echó un vistazo al orinal mientras salía de la habitación, pero tenía su orgullo.

Bajó medio dormido por la oscura escalera.

Puede que el amuleto se encendiese ligeramente al pasar por el tercer piso o quizás aún estuviera calentito de la cama. Llegó a su destino y empujó la puerta del aseo de caballeros. Se miró en el espejo a la luz de los fluorescentes y un muerto le devolvió la mirada.

Tras tirar de la cadena, se encaminó de vuelta a las escaleras. Sin embargo, ahora estaba más despierto; y ya no tenía dudas; el amuleto desprendía calor. A mitad de camino del último tramo, se le erizó el vello de la nuca. No estaba solo.

¿Nos han seguido?

Un ruido a su espalda.

Palpó su amuleto y se volvió en redondo, con tanta precipitación que estuvo a punto de caer.

Pero era demasiado tarde… La gata ya le había rozado las piernas al pasar, harapos de lino contra la franela del pijama. La pequeña momia se volvió una pizca mientras remontaba las escaleras y él alcanzó a atisbar el brillo de un ojo verde.

Se agarró a la barandilla para recuperar el aliento.

—Uf… me has asustado… Maldita…

Volvió a verla al cabo de unos minutos, acurrucada junto a la puerta de Ren. *¿Está durmiendo?* —Se extrañó mientras esquivaba al animal con cuidado—. *¿No lleva haciendo eso mismo unos, no sé, cuatro mil años?*

Cerró la puerta, un tanto horrorizado, pero aliviado de que el bicho no mostrara el menor interés en él. Cuando su madre usó los Conjuros Perdidos, se abrió una puerta al más allá. Se alegraba de saber que no todo aquello que cruzaba el umbral tenía intención de acabar con su vida. Se durmió de nuevo para despertar otra vez poco después de las seis. Desconectó el teléfono del cargador y vio las llamadas perdidas y los mensajes sin responder que la doctora Aditi había dejado el día anterior, mezcladas con otras de Luke. Ambos le preguntaban dónde se había metido. Era demasiado pronto para llamar a Aditi, pero haciendo de tripas corazón respondió al último de sus mensajes.

Se sentó y miró por la ventana. Ahora notaba la cabeza más despejada; el dolor había desaparecido. Se volvió y miró la pared verde menta. Ren estaba al otro lado. El amuleto, frío como una piedra, le informó de que el gato momia se había esfumado junto con la oscuridad.

Quería despertar a Ren para empezar a trabajar cuanto antes. En su opinión, habían desperdiciado ya toda la noche. Sin embargo, la ciudad todavía dormía y además tenía la vaga sensación de que el día anterior no se había portado demasiado bien con ella. Volvió a tumbarse y la dejó descansar.

Se entretuvo repasando la información que habían descubierto en el cementerio. Para cuando oyó un leve rumor al otro lado de la pared, eran casi las nueve. A esas alturas, se le había agotado la paciencia y una vez más estaba ansioso por emprender la búsqueda. Además, la egiptóloga acudiría a buscarlos dentro de nada. El ruido, sin embargo, cesó enseguida.

Levantó la mano, titubeó solo un instante… y llamó.

Venga —pensaba—. *¡Tenemos que ponernos en marcha! Sí, ayer fue un día duro…, pero eso fue ayer.*

Ren no respondió. Volvió a llamar.

—¿QUÉ? —gritó la chica.

Álex advirtió que estaba de mal humor, pero lo pasó por alto. Lo que tenían entre manos era demasiado importante.

—¡Hora de ponerse en marcha! —anunció.

Ren no dijo nada, pero la oyó dar tumbos por la habitación. Cayó un zapato, luego el otro. Álex ya estaba vestido, así que se puso en pie y se encaminó a su puerta.

—Te espero en el pasillo —le dijo.

Comprobó que el gato se hubiera ido y ocupó su sitio junto a la puerta de su amiga. Tuvo que aguardar un rato, pero Ren abrió por fin.

—Uf, qué mala cara tienes —le soltó.

—Gracias —replicó ella. Se pasó los dedos por el enmarañado pelo, pero el problema no era ese. Tenía los ojos vidriosos, los labios un poco demasiado oscuros…

—Estoy agotada —reconoció—. Y tengo muchísimo sueño.

—¡Ya vamos tarde!

Ren agrandó los fatigados ojos.

—¡La doctora Aditi! —exclamó—. ¿Qué hora es?

—Casi las nueve y media.

Habían acordado que la egiptóloga los recogería a diario unos minutos antes de las nueve, de camino al museo. Bajaron a toda prisa y saludaron a Somers al pasar, que también parecía bastante hundido. Cruzando las puertas de la calle, salieron a un día radiante, el primero desde su llegada. Álex parpadeó para protegerse los ojos de la luz según oteaba el asfalto.

Pero el pequeño aparcamiento estaba desierto salvo por el viejo cochecillo verde de Somers.

—No está —dijo Ren.

—Ahora sí que estamos en un lío —observó Álex.

Mientras esperaban en la acera, Ren advirtió que Álex se estaba impacientando otra vez. No dejaba de observar la calle, buscando coches conocidos. Ella había estado a punto de morir por culpa de su amigo y lo único que él había comentado al respecto hasta el momento había sido «Qué mala cara tienes» y «Es tarde».

—Eh —decía ahora—. ¿Qué indumentaria llevaba el Caminante?

—¿Qué indumentaria? —preguntó Ren soñolienta.

—Sí, o sea, ¿qué tipo de ropa?

Ella cerró los ojos e intentó recordar la imagen que se había esforzado por borrar de su mente.

—No sé qué tipo de ropa era —repuso por fin—, pero llevaba botones.

—¡Sí! —exclamó Álex con tanta energía que la sobresaltó—. En el Antiguo Egipto, la gente no se abrochaba la ropa.

—No hace falta que grites. Aquí solo estamos tú y yo.

Él la miró de hito en hito. Luego prosiguió:

—Así pues, este Caminante no es egipcio, ni tampoco es tan

viejo. O sea, no sé si será muy viejo, pero procede de una época en la que ya existían los botones.

Álex hablaba tan deprisa que las palabras rebotaban contra la mente aturdida de Ren.

—No era joven precisamente —musitó.

—¿Qué?

Por atontada que estuviera, no quería parecer una boba. Así que buscó en su adormilado cerebro alguna respuesta inteligente.

—Pero ya no se momifica a nadie —consiguió decir. Aún podía visualizar la imagen del Hombre Aguijoneado recién levantado de su antiguo sarcófago, y también su aspecto posterior, cuando reemplazó las vendas por prendas de vestir.

Álex se encogió de hombros.

—Ni tampoco nadie guarda provisiones para el más allá en criptas egipcias, en teoría —arguyó—. A lo mejor estaba allí por eso: buscaba ropa de segunda mano.

En aquel momento, Ren tuvo una inspiración, una idea inteligente.

Recordó la mano de la fotografía del diario, envuelta en inmaculado lino.

—¿Y si ese Caminante era más reciente? O sea… quiero decir que… a lo mejor alguien aún…

Se interrumpió para ordenar sus pensamientos, pero a Álex ya se le había acabado la paciencia.

—¿Dónde está? —soltó, y oteó la calle otra vez.

Ren lanzó un sonoro suspiro. Le molestaba que la interrumpieran, pero no fue solo por eso. Seguía agotada. Y no porque hubiera dormido poco. Prácticamente se había desmayado la noche anterior en cuanto había apoyado la cabeza en la almohada. No, era algo más. Se sentía hundida, vacía.

—Creo que… —empezó a decir, pero Álex la cortó nuevamente.

—Estamos perdiendo el tiempo —dijo. Estaba claro quién de los dos iba a seguir hablando, así que Ren se calló—. Lo haremos a nuestro modo hasta que tengamos noticias suyas.

—Sí, como ayer nos fue tan bien... —le soltó Ren.

Álex siguió hablando atropelladamente.

—Está enfadada con nosotros. Seguro que se ha puesto a investigar por su cuenta.

Ren lo dudaba mucho.

—Nos llamará enseguida —afirmó—. Ayer nos dejó algo así como un millón de mensajes. Tenemos que esperar.

—¡Pero es que ya hemos esperado mucho! —estalló él, y una gota de saliva aterrizó en la mejilla de Ren—. Ahora mismo, lo que necesitamos es información. Para empezar tenemos que averiguar a quién pertenecía aquella tumba. Datos antiguos, de los que no aparecen en internet. Nos hace falta una gran biblioteca. ¿Hay alguna en...?

—La Biblioteca Británica es una de las más importantes del mundo, Álex. ¿Cómo es posible que no lo sepas?

Por fin, él se volvió a mirarla. A mirarla de verdad.

—¿Qué te pasa, Ren? —le preguntó.

—¿Qué me pasa? —replicó ella—. ¿Por dónde empiezo? ¿Te has parado a pensar siquiera en lo que nos sucedió ayer? ¿Lo que nos hizo aquel monstruo?

—¡Te salvé! —protestó Álex.

—¿Me salvaste? Me *arrastraste* hasta allí. ¡Me serviste en bandeja!

—Estaba buscando *información* —replicó él—. Pensaba que te alegrarías.

Ren notó cómo la cólera se apoderaba de ella.

—Ya, bueno, pues ya la habíamos conseguido. A montones. Y nos habíamos escapado. Habíamos alcanzado el camino principal, ¡y tuviste que PARAR! ¿Por qué? ¡Fue una idiotez! «¿Dónde está mi madre?» —lo dijo imitando el tono lloroso de Álex—. ¿De qué vas? ¡Si esa cosa te lo hubiera dicho, ni siquiera lo habrías entendido!

Durante un instante, la chica advirtió que sus palabras daban en el blanco. Pero luego Álex entornó los ojos hasta convertirlos en rendijas.

—Lamento mucho que no me dé miedo correr algún que otro riesgo —le espetó—. Yo no siento la necesidad de ser perfecto todo el tiempo. Yo no necesito saberlo todo de antemano.

—¿Pero qué…? —empezó a decir Ren, pero le había entendido perfectamente. Vaya que sí.

Álex esbozó una sonrisilla irónica, como si acabara de demostrar algo. Como si hubiera ganado.

—Tenemos que ponernos en marcha —concluyó en tono firme.

—¡Tenemos que esperar a la doctora Aditi! —insistió Ren. Ahora era ella la que gritaba—. Porque si sigues corriendo «algún que otro riesgo», vas a conseguir que nos maten. ¿Y sabes lo que necesito yo? —Alzó la vista hacia el cielo azul, hacia el primer día de sol que disfrutaban desde que habían llegado—. Necesito un descanso. De ti, de esto, de todo. Estoy cansada, Álex… No —se corrigió—. Estoy *agotada*.

Álex la miró con unos ojos como platos.

—¿Y qué quieres ha…?

—Me voy a ver los Rembrandt de la Galería Nacional. Siempre he querido hacerlo.

Rembrandt era su pintor favorito, un antiguo maestro famoso por sus dramáticos y suntuosos retratos.

—Pero si los puedes ver en el Metropolitano! —objetó Álex.

—¡No, no puedo. Porque ya no estoy en Nueva York, Álex, estoy en Londres. Para ayudarte, por si no te has dado cuenta.

El chico desvió la mirada.

—Añoras tu casa —dijo—. Estás asustada.

El dejo de decepción que delataba la voz de su amigo la hirió y, durante un instante breve y oscuro, hurgó en lo más profundo de su mente en busca de algo con lo que lastimarlo a su vez. «Como mínimo, yo tengo unos padres a los que echar de menos.» La frase se apoderó de su pensamiento como un monstruo surgido de un lodazal, pero no lo dijo. Respiró profundamente.

—Voy a ir a la Galería Nacional a mirar los cuadros y a esperar a que la doctora Aditi nos llame —informó a su amigo. Con la mirada baja, sacó la guía de su cartera—. Que te diviertas en la biblioteca.

La magia de los libros

Bien —pensó Álex—. *Genial.*

Que lo dejaran solo. Que lo abandonaran a su suerte. Que Ren se fuera a esa maldita galería. Que la doctora Aditi lo excluyera de la búsqueda. Pero ya había pasado por eso. No había olvidado aquellos largos días de primavera, después de que lo sacaran del colegio. Sentado en el despacho de su madre mientras ella trabajaba y Ren estaba en clase, haciendo deberes como quien come papilla fría. Y también recordaba la época del hospital, antes de aquello. Siempre esperando a su madre. O a cualquiera. Días y días de soledad, siempre aguardando una visita.

Pero ya no, se dijo. Ahora era su madre la que lo estaba aguardando a él; como mínimo, eso esperaba, y rezaba para que así fuera. Estaba seguro de que seguía viva. *Aunque en realidad no lo sé. ¿Y si…?* Álex sacudió la cabeza, con fuerza, y su paso apresurado se convirtió en un trote ligero.

Pronto, la enorme Biblioteca Británica se irguió ante él. Su tamaño lo dejó anonadado y lo embargó una súbita esperanza. Puede que ahí encontrara las respuestas que andaba buscando… Necesitaba información sobre la Avenida Egipcia. Le parecía un buen punto de partida, aunque su verdadero propósito fuera dar con Caminantes de la Muerte en potencia: malvados ingleses fuertemente vinculados a Egipto…

El interior de la biblioteca era fresco, limpio y absolutamente impresionante. Álex cogió aire y entró. El ambiente le recordó a los días en que seguía a su madre por el pasillo principal de la Biblioteca Pública de Nueva York. Aquella era más grande e infinitamente más británica, pero albergaba la misma mezcla de investigadores serios, estudiantes estresados, turistas admirados y algún que otro chiflado. Algunos libros se podían coger directamente, otros había que pedirlos.

Una hora después se encontraba sentado en una sala de lectura de la tercera planta, entre la colección de mapas y la sección de estudios asiáticos y africanos. Tenía un enorme montón de libros a un lado y una fina capa de sudor en la frente. Empezó por Highgate. Debía descubrir a quién pertenecía aquella tumba; por qué el Caminante la había saqueado en primer lugar y qué lo había inducido a volver. Aburrido como una ostra, leyó de cabo a rabo toda la información histórica que encontró en dos libros bastante nuevos, pero no halló mención alguna a una cripta sin nombre. Con aire escéptico, cogió un volumen muy viejo, finísimo, titulado *Un paseo por la Avenida Egipcia*.

La detallada descripción de aquella zona del cementerio le provocó escalofríos. Recordó su paso por aquel sendero umbrío… y lo que les esperaba al final. De repente se topó con algo: «Mis pasos me llevaron a la cripta sin nombre, y dediqué un pensamiento al famoso egiptólogo que albergaba…» Álex contuvo el aliento, pero el autor del libro se limitó a dedicarle un pensamiento, sin citar el nombre.

«Un arqueólogo», pensó Álex. Echó un vistazo al montón de libros que tenía delante, suspiró y se dispuso a cambiarlos. Sabía más o menos lo que estaba buscando: un «famoso» arqueólogo inglés que hubiera muerto entre 1839, cuando se construyó Highgate, y 1904, fecha en que el libro fue publicado. Si su madre estuviera allí, sabría qué preguntas formular en el mostrador de información.

Mi madre —se dijo— *o Ren.*

Un roce con el peligro

A Ren le dio vueltas la cabeza cuando se sentó delante de un enorme cuadro cuyo viejo lienzo rebosaba capas y más capas de pintura al óleo. Aunque nunca la había visto, reconoció la obra al instante. Era de Rembrandt van Rijn, el pintor holandés cuyos cuadros ocupaban su sala favorita del Metropolitano. Observó despacio los trazos de la pintura y aguardó a que las formas aparecieran ante ella como si emergieran de un lago.

La tensión se aflojó en su estómago. Casi podía imaginar que estaba en el Museo Metropolitano de Nueva York, esperando a que su padre finalizara la jornada. Casi. Por desgracia, otras imágenes se abrieron paso hasta su pensamiento. Posó la vista en una esquina oscura del lienzo y en lugar de ver las sombras de una antigua habitación atisbó la boca abierta de un monstruo. Se estremeció de pies a cabeza, pero no apartó la vista.

Tenía la sensación de estar viendo cosas imposibles prácticamente a diario. Los días buenos, un gato muerto que intenta liberarse. Los días malos, un cadáver que te quiere absorber el alma… Se sentía una visitante en su propia realidad. Los hechos, las listas ¿de qué servían cuando cualquier cosa podía ser verdad? Apartó los ojos del rincón del cuadro para desplazarlos más arriba. Encontró una cara, una pincelada de color en la mejilla, y esbozó una sonrisa infinitesimal.

Entonces comprendió por qué estaba allí, en aquella sala, y no en la Biblioteca Británica. Sí, Álex se estaba portando como un egoísta, pero no era por eso. Estaba agotada, y no eran las pilas del cuerpo lo que necesitaba cargar. Ni tampoco de la mente. Retiró la vista y admiró todo el cuadro a un tiempo. Era hermoso.

No, se trataba de su alma. No entendía cómo algo así era posible, pero estaba segura de una cosa: había estado a punto de perderla y ahora su alma necesitaba recuperarse.

—Hola, Ren —la saludó alguien que se sentó a su lado.

Se volvió.

—Ah, hola, Luke —respondió, sin poder evitar del todo el tono de sorpresa.

—Eh. ¿Qué hay?

—Pues… nada especial —repuso ella—. Sólo estoy echando un vistazo a los cuadros.

—Ya, ya —dijo Luke—. Estamos en un museo y tal. Yo también.

No pretendía ser maleducada, pero…

—¿De verdad? —se extrañó. Luke iba vestido como si estuviera a punto de saltar a un campo de béisbol—. No…, ejem, no sabía que te interesara el arte.

—Ah, no me interesa, pero los monitores nos obligan —explicó—. Tenemos que participar en actividades culturales. Se supone que aumenta nuestra agilidad mental. Yo preferiría participar en machacar a quienquiera que tuvo la idea antes de morirme de aburrimiento.

—Ya —repuso Ren al mismo tiempo que imaginaba a una tropa de brutotes con pantalones por la rodilla soltando risitas tontas ante esculturas de desnudos.

—¿Quién pintó eso? —preguntó Luke señalando el cuadro con la barbilla.

—Te estás quedando conmigo, ¿no?

La expresión de su rostro, tan inexpresiva como largo es el día, le informó de que no era así. Ren suspiró.

—Es un Rembrandt.

Luke desplegó una hoja de papel y se sacó un pequeño bolígrafo de los pantalones. Revisó el papel pero volvió a guardar el boli sin anotar nada.

—Ese ya lo tengo.

—Lástima —se burló ella, pero se arrepintió enseguida.

Luke la había salvado en el aeropuerto.

—Sí —dijo el chico compungido—. Oye, ¿dónde se ha metido el colega A? El muy idiota no me contesta los mensajes.

—Se ha quedado sin batería —repuso ella. Era verdad, dentro de lo que cabe.

Luke asintió.

—¿Y dónde está?

Ren meditó la pregunta… y cuánta información estaba dispuesta a compartir con él.

—Leyendo —respondió. Aquello tampoco se alejaba demasiado de la verdad.

Luke la miró con atención. *¿Sabe que estoy esquivando sus preguntas?* Por lo general, pensaba que Luke no se enteraba de nada, pero a veces no estaba tan segura…

—O sea, ¿cosas de las prácticas y tal? —quiso saber el chico.

Su modo de preguntarlo no la tranquilizó, pero instantes después ya se había levantado y se encaminaba directo a la salida.

—Hay más Rembrandt de esos dos pisos más abajo.

—Gracias —repuso Ren, que echó un último vistazo al cuadro y se levantó también.

—Dile a mi primo que me llame, ¿vale? —le pidió—. ¡Hasta luego!

111

—Adiós —se despidió Ren, pero él ya se había marchado. Tenía cuadros que tachar de su lista.

Entonces echó un vistazo al mapa.

—Dos pisos más abajo…

Había una especie de subsótano en el pabellón Sainsbury, dedicado a «exposiciones temporales». *Debe de ser allí*, concluyó.

Llegó al fondo de las escaleras y buscó un guarda.

—Perdone —dijo—. Estoy buscando los Rembrandt.

—Ah, la exposición especial —repuso él—. En la esquina del fondo, la última sala.

El hombre señaló el camino. Ren le dio las gracias y siguió andando. Por primera vez en mucho tiempo, su paso adquirió un aire saltarín.

Se encaminó directamente a la esquina del fondo, la última sala. Iba mirando al frente, así que no se percató de que el vigilante de las escaleras la estaba siguiendo.

Entró en la sala como una brisa de verano, ligera y cálida. Miró a su alrededor. No había nadie más allí dentro, ningún visitante y tampoco ningún Rembrandt. Aquellas pinturas eran mucho más recientes e infinitamente más inglesas. Echó un vistazo al plano. La puerta de cristal se cerró a su espalda.

—Hola otra vez —oyó decir.

La brisa de verano se convirtió en un frío ártico. Había sido sumamente cuidadosa. Había salido lo justo, procurado fundirse con la muchedumbre que caminaba por las calles de la ciudad. Pero en aquel museo, sintiéndose momentáneamente mejor, había bajado la guardia. Y lo iba a pagar caro.

Alzando la vista, vio al matón del aeropuerto: Liam, el hombre de la furgoneta. Tras él, al otro lado de la puerta de cristal, atisbó al vigilante de las escaleras, que hacía guardia junto a la salida.

Qué tonta he sido, pensó.

—¿Qué quieres? —preguntó para hacer tiempo, a la vez que se llevaba la mano al bolsillo.

—Nada, en realidad —repuso Liam, cuyos finos labios esbozaban una sonrisa malvada—. Nada de gritos. Acompáñanos.

¿Acompáñanos? —pensó Ren—. *¿Cuántos hay?*

Se sacó el teléfono del bolsillo al tiempo que se daba la vuelta para echar a correr. No había ningún sitio adonde huir, ninguna otra salida, pero interpuso el único banco de la sala entre el enorme matón y ella. Mientras desplazaba el peso de izquierda a derecha, intentando adivinar por dónde la atacaría, sus temblorosos dedos palparon la pantalla. Se las arregló para abrir los mensajes de texto. Liam también se había extraído algo del bolsillo: una jeringuilla.

Un sedante para caballos. Con aquello, había estado a punto de matar a un guardia que pesaba el doble que Ren. Liam avanzó dos pasos raudos y se abalanzó sobre ella. Le acercó la jeringuilla justo cuando tocaba el borde de la pantalla: «Enviar». No tenía cobertura. Pero puede que igualmente…

—¡Aaaahhh! —gritó cuando la punta de la aguja le arañó el brazo izquierdo. Un arañazo largo y profundo, pero ¿habría alcanzado el sedante el músculo? Rodeó el lado derecho del banco mientras su atacante corría por el extremo izquierdo. Seguía detrás del mueble cuando salió disparada hacia la puerta.

—¡Detenedla! —rugió el hombre.

El guarda se dio media vuelta justo cuando Ren se abalanzaba contra la hoja con todo su peso, con el bolso por delante. El grueso cristal de seguridad golpeó al tipo en la cara mientras ella se escurría por el pequeño hueco y Liam se precipitaba hacia ella.

La sala contigua también estaba vacía, pero atisbó la salida al fondo. Desesperada por darse a la fuga, con el pulso desbocado, siguió corriendo. Dos zancadas, tres… y se detuvo en seco. El guarda se había recuperado a tiempo de agarrar la tira de su bandolera. La arrastró como si fuera una trucha que colea mientras la gota de sedante empezaba a hacerle efecto y su visión se tornaba borrosa.

Lúgubres descubrimientos

Álex se encontraba en una pequeña sala de lectura del sótano, concluyendo la revisión de un grueso volumen descatalogado. Abrió *Grandes arqueólogos británicos del siglo XIX* y hojeó el índice del final. *Empecemos por el principio* —discurrió—. *¿Cómo se hacían famosos los arqueólogos del siglo XIX?*

Supo la respuesta de inmediato: se trataba de un tema delicado en el mundillo de los museos. Buscó la S: «saqueo de tumbas». Por lo que él sabía, los comienzos de la arqueología fueron una rebatiña. Las potencias colonialistas europeas desvalijaban abiertamente las tumbas egipcias. Incluso Napoleón se había sumado al expolio. Aquel libro, sin embargo, abarcaba también una época en la que se empezaron a aplicar ciertas reglas, las primeras leyes y restricciones. Repasó la larga lista de páginas en las que aparecían referencias al saqueo de tumbas... Obviamente, no todo el mundo acataba las normas.

Mientras leía el texto por encima y se preguntaba por dónde empezar, tuvo una inspiración. Ni siquiera era una idea aún, solo un repique de campanas, la sensación de que se le escapaba algo. Su pensamiento retornó a Highgate: la tapa rota de la sepultura, la puerta desvencijada de la cripta. *Saqueada* —se dijo—. *Desvalijada.*

La idea cobró forma: ¿a quién estaba buscando? ¿Al morador de la cripta o al Caminante de la Muerte? Recordó su objetivo original: *un malvado inglés fuertemente vinculado a Egipto...* La descripción se ajustaba bastante a la de un arqueólogo, o eso le parecía a él.

Regresó a la M. Había montones de referencias a «momias». Pero solo una a «momificado». Lo llevó al capítulo diecisiete, dedicado por entero a un mismo hombre:

«Expulsado del ejército por su costumbre de torturar a los prisioneros, el capitán Winfred Willoughby cambió de oficio. Se refería a sí mismo como un "caballero que practica la arqueología" pero era, según todos los testigos, un saqueador de tumbas profesional. Tuvo que renunciar también a eso cuando huyó a Egipto justo antes de ser llevado a los tribunales por cargos múltiples de robo, así como por el asesinato de un arqueólogo rival y dos jóvenes excavadores...»

Sí —exclamó Álex para sus adentros—, *esta descripción se ajusta a la de un malvado inglés, no cabe duda.*

Desplazó la mirada al final de la página:

«Con el fin de asegurarse su propia "inmortalidad", Willoughby destinó una buena suma de su testamento a que su cuerpo fuera momificado. Dada la ausencia de profesionales disponibles, sin embargo, la momificación fue una chapuza. Según los relatos de la época, se saltaron el aseo ceremonial y si bien se "intentó" llevar a cabo los otros cinco pasos» —Álex los repasó para sus adentros: extraer los órganos, deshidratar el cuerpo con sales, cubrirlo con más sales, untarlo con resina y vendarlo todo—, «los encargados del proceso apenas sabían por cuál de los dos extremos sostener el gancho para extraer el cerebro...»

Álex hizo una pausa para pasar la página. La cabeza le daba

vueltas: una momia chapucera, un proceso llevado a cabo por aficionados… Recordaba la voz gutural del Caminante y su piel moteada. Leyó las últimas líneas:

«La momificación supuso tal escándalo en su época que el cementerio en el que se enterró el cadáver se negó a grabar el nombre de Willoughby en la cripta.»

Una tosca fotografía en borroso blanco y negro ocupaba el resto de la página. El sujeto parecía más bajo y menos imponente que la figura que los había atacado en Highgate. No era muy ancho de hombros, tampoco de pecho, pero el rostro e incluso las vestimentas no dejaban lugar a dudas.

Nadie entró en el mausoleo.

Willoughby lo forzó desde dentro.

Álex cerró el libro y dos nombres flotaron en su asombrada mente: el de su enemigo y el de su mejor amiga.

Tengo que decírselo a Ren, decidió mientras subía las escaleras de dos en dos. Ansiaba ver la luz del sol tras aquellos lúgubres descubrimientos y estaba listo para disculparse. Imaginó la expresión de su cara cuando le contara lo que había averiguado.

A mitad de su ascenso, el teléfono recuperó la cobertura y el aparato empezó a zumbar para avisarle de varios mensajes perdidos. *Aditi* —pensó—. *Me la voy a cargar.* Echó un vistazo a la pantalla cuando llegó al final de las escaleras. Tenía razón en parte: alguien estaba en apuros. Por poco choca con la puerta cuando leyó el mensaje de Ren.

sOtano galería nac arrinconada
HOMBRE FURGONETA1 SOCORRO

Le dio un vuelco el corazón y el pulso se le disparó. Corrió hacia la salida. Ni siquiera pensaba leer el último mensaje de Luke… pero la primera línea ya asomaba a la pantalla:

Acabo de ver a R en la galería.
¿Dónde te has metido?

Álex retrocedió al mensaje de Ren y casi rompe la pantalla a fuerza de clavar el dedo en su nombre para llamarla. Cruzó el portal de la biblioteca al mismo tiempo que saltaba el contestador.

Preguntó por el camino a la Galería Nacional a las tres primeras personas que encontró. La tercera se lo supo decir: tenía que tomar la línea Northern otra vez, ahora en dirección sur. Álex ardía de impaciencia mientras escuchaba las explicaciones. Era muy posible que el hombre de la furgoneta —Liam— ya la hubiera apresado. Habría dado cualquier cosa por estar allí. Súbitamente, se percató de que conocía a alguien que sí estaba. «Acabo de ver a R en la galería.»

Mientras cruzaba la calle a toda prisa rumbo a la estación de Euston, pulsó el móvil otra vez. Había llegado la hora de devolverle los mensajes a su primo. La Orden había recurrido a la fuerza. Ren y él harían lo mismo.

Fue una conversación rápida y urgente. De haber sido otra persona, Álex habría tenido que convencerlo de que el peligro era real. Pero Luke ya había visto a Liam en acción. Sus últimas palabras antes de que perdiera la señal en la estación fueron:

—¡Estoy en ello!

El metro solo tardó unos minutos, pero se le hicieron eternos. Cuando por fin se detuvo en Charing Cross, Álex salió en primer lugar dejando atrás a los demás pasajeros como un caballo de carreras. Esquivó coches rápidos y transeúntes lentos, y cruzó a la carrera la entrada del antiguo edificio que albergaba la Galería Nacional. Los primeros guardas protestaron a su paso —«¡Eh, no corras tanto!»—, pero solo cuando dio con el cuarto se encontró de verdad en apuros. El hombre estaba plantado en lo alto de las escaleras y él reconoció su rostro del aeropuerto.

Agarró su amuleto antes de salir disparado hacia el tipo, que ya acudía a su encuentro. Media docena de visitantes se volvieron a mirar. Estaban situados detrás de la acción y, desde aquella perspectiva, debió de parecerles que el chico propinaba un tremendo empujón al guarda, que caía rodando por las escaleras. Solo el supuesto vigilante pudo ver con claridad lo que había pasado. Lo había empujado el chico, cierto, pero su mano no había llegado a tocarlo.

Entonces bajó los peldaños de tres en tres, saltando sobre el hombre caído y dejándolo tendido en el rellano. Cuando llegó al fondo, aterrizó en mitad de un campo de batalla. Ren estaba en el suelo con los ojos cerrados y las manos atadas. Arrodillado junto a ella y cargado con su bandolera, Liam le envolvía las manos atadas con una bufanda. Otros dos matones, uno de ellos con uniforme de guarda, habían arrinconado a Luke.

—Ya era hora, primo —gritó este.

Les plantaba cara con las piernas separadas, los brazos alzados y las palmas hacia fuera, como un defensa de fútbol americano. Estaba acorralado, pero ninguno de los matones parecía ansioso por abalanzarse contra él. Álex imaginaba perfectamente los requiebros y embestidas a los que su primo debía de haber recurrido para mantenerlos a raya todo ese rato.

Liam siguió la mirada de Luke y se giró en redondo. No dio muestras de que le sorprendiese su presencia.

—¡Pero mira quién está aquí! —rugió el grandullón.

Álex apretó los dientes y estrujó el amuleto con fuerza. *El viento que anuncia la lluvia*, pensó mientras alzaba la mano libre. Unió los dedos para crear una punta de flecha y se corrigió. *El viento que anuncia el dolor.*

Cuando una lanza de aire lo golpeó debajo de la barbilla,

Liam retrocedió a trompicones. Los otros dos se volvieron y se apartaron a toda prisa de su camino. Luke salió como un toro entre los dos y, bajando el hombro sin reducir la marcha, embistió por detrás las piernas de Liam, que se desplomó y rodó al suelo.

—¿Cómo haces eso? —le preguntó su primo con una expresión de absoluta perplejidad en su congestionado semblante—. Me ha parecido que solo apuntabas con la mano.

Álex bajó la vista al escarabeo. *Tendré que contárselo*, se dijo para sus adentros. Pero eso tendría que esperar.

—¡Detrás de ti! —gritó.

Los dos matones avanzaban ya a trompicones por encima de su desparramado jefe mientras el propio Liam se frotaba la cabeza e intentaba rehacerse. Luke salió disparado hacia la derecha y luego hizo un requiebro a la izquierda que dejó boqueando al matón que tenía más cerca.

Los gorilas cambiaron de objetivo y se abalanzaron hacia Álex. No podía derribar a ambos al mismo tiempo con el poder del viento. Buscó con la mirada el objeto más grande y pesado de la sala. Por desgracia para Liam, era él. No sabía si podría levantar tanto peso, pero al mismo tiempo que corrían hacia él, los matones se precipitaban también hacia Ren. Su amiga yacía indefensa en el suelo, y la idea de que pudieran pisotearla lo llenó de rabia… y de poder.

Cuando Liam apoyó una rodilla en el suelo para incorporarse, su cuerpo se sacudió con violencia y salió volando contra los otros dos. El pesado corpachón los golpeó a la altura de los hombros y los tres aterrizaron amontonados en las frías baldosas del suelo, gruñendo de dolor y sorpresa.

—Vale, ahora en serio, ¿qué ha sido eso? —insistió Luke, que había corrido a reunirse con él—. Es imposible que un hombretón como ese haya pegado ese salto.

Ambos adoptaron instintivamente una posición de defensa para proteger a Ren.

—¡Pillad al del colgante! —gritó Liam al tiempo que se levantaba—. Es ese el que buscamos. ¡Cortadle las malditas manos si hace falta!

Álex oyó un zumbido metálico cuando los dos matones se pusieron en pie empuñando sendas navajas de muelle. La luz blanca del museo arrancó un destello al afilado acero.

Siete u ocho visitantes habían bajado para averiguar a qué venía aquel escándalo.

—¡Van armados con navajas! —gritó uno, y un guarda del museo acudió corriendo.

Liam observó a la creciente multitud con un desdeñoso gruñido. Volvió la vista hacia Ren. Álex se percató y le lanzó una elocuente mirada: *Ni se te ocurra.*

—¡Volveremos a vernos, chicos! —gritó el hombretón.

Los gorilas huyeron hacia las escaleras. Los turistas chillaron y se apartaron para ceder el paso a aquellos sicarios armados. El solitario guarda intentó cumplir con su deber como un valiente, pero Liam se lo quitó de encima con un fuerte puñetazo en la barriga.

—Mi bandolera…

Solo era un hilo de voz, pero sonó a música celestial. Ren estaba despierta. Levantó la cabeza del suelo y bizqueó en dirección a las escaleras justo cuando sus frustrados secuestradores desaparecían de la vista. Para cuando Álex pudo asir su amuleto otra vez, la famosa bandolera color verde oliva se había esfumado junto con Liam.

—Lo siento —dijo Álex, mirando a su adormilada amiga—. Lo siento muchísimo.

Ambos sabían que no se refería únicamente a la bolsa.

Secuelas

Ofrecían una extraña estampa, los tres. Álex caminaba junto a
Ren, medio agachado para ofrecerle apoyo. Al otro lado iba
Luke, aún más inclinado, porque era el más alto. Ren, por su
parte, parecía una sonámbula: sus ojos eran dos rendijas y las
piernas apenas la sostenían.

Desde la escalinata de la galería, un guarda les gritó que vol-
vieran y esperaran a la policía, pero los perdió de vista enseguida entre el ajetreado gentío que invadía la metrópolis a medio-
día. Los transeúntes los miraban con recelo, pero pronto
llegaron a la relativa seguridad de su querida línea Northern.
En cuando se cerraron las puertas del vagón de metro, Ren se
convirtió en una adolescente adormilada cualquiera, quizá víctima del desfase horario.

Luke se echó hacia delante para hablar con Álex.

—¿Por qué no hemos esperado a la policía?

Álex lo hizo callar cuando unas cuantas cabezas se volvieron
a mirarlos. A Luke le sorprendió aún más si cabe la reacción de
su primo, pero él no sabía qué responder. ¿Cómo le iba a expli-
car todo aquello? ¿Por dónde empezar siquiera? ¿Por la poderosa secta que rendía culto a la muerte que burlaba incluso a la

121

policía o por el principio de todo, antiguos hechizos incluidos, que los llevarían de patitas a una institución mental? Echó un vistazo al cuello de su camisa, debajo de la cual colgaba el amuleto.

—¿Qué es? —susurró Luke—. Es imposible que estos tíos se hayan pegado esos trompazos ellos solos. *Lo has hecho tú, ¿verdad? ¿Con esa especie de escarabajo?*

Álex miró de soslayo a su primo: *¡Ahora no!*

—Bueno, como mínimo dime adónde vamos —pidió el otro antes de acomodarse otra vez.

—A las dependencias del servicio —murmuró Ren, que viajaba sentada entre los dos.

Los tres alterados amigos se sumieron en sus pensamientos. Los de Álex eran sombríos, como de costumbre, pero también singularmente lúcidos. Su mal humor y su conducta obsesiva habían ahuyentado a su mejor amiga, quien estando sola, era una presa fácil. La mera idea de que pudiera sufrir el mismo destino que su madre —de que la secuestraran, de que se la arrebataran— lo había herido en lo más profundo de su ser. Mientras el vagón traqueteaba hacia su destino, lo consumía una mezcla de sentimiento de culpa, rabia hacia La Orden y gratitud por haber encontrado a Ren sana y salva… y por la ayuda de Luke.

Echó una ojeada a su primo, que también parecía preocupado. Luke le sostuvo la mirada y susurró una última palabra, muy clara:

—Navajas.

Álex asintió, pero su primo ya había desviado la vista. Una vez más, los matones se habían cruzado en su camino, literalmente, pero el hecho de que fueran armados lo había pillado desprevenido. Luke no estaba acostumbrado a que las reglas cambiaran a mitad del partido.

Ren guardaba silencio, adormilada entre los dos. Si seguía enfadada con él, no lo demostró. De hecho, cuando el tren traqueteaba y se sacudía, Álex notaba cómo buscaba su apoyo. La manga rasgada de su hombro herido le rozaba la piel. Y la entendió sin necesidad de palabras, tal como entendemos a veces a los amigos: *Los dos lo lamentamos. No pasa nada.*

El tren llegó a la parada y se apearon los tres. Al amparo de la charla anónima del gentío, podían hablar con más libertad. Y Luke tenía algo que decir.

—No sé en qué andáis metidos, vosotros dos —declaró—, pero es mucho más emocionante que el campamento. Además, allí nadie ha intentado apuñalarme. Merezco una recompensa. Quiero estar en el ajo.

Álex y Ren intercambiaron una mirada rápida. No hacía falta ni comentarlo. ¿Luke quería estar en el ajo? ¿Después de lo que había visto? ¿Después de salvarles el pellejo por segunda vez? Se limitaron a asentir. Ya estaba en el ajo.

Antes de volver al museo pasaron por un Tesco —un establecimiento de una cadena inglesa a medio camino entre un supermercado y una tienda abierta las veinticuatro horas— para comprar provisiones y golosinas. Sobre todo golosinas. Por fin, entraron en el pequeño aparcamiento de la Colección Campbell.

—Yo tengo una casita… —canturreó Álex.

Ren retiró el envoltorio de una chocolatina Cadbury, ya sin retazos de niebla en los ojos.

—Que es así, que es así —lo secundó ella.

En la otra punta de la ciudad, Liam estaba a punto de descubrir que, cuando trabajas para una secta que rinde culto a la muerte, el fracaso tiene sus consecuencias.

—¿Adónde vamos? —preguntó al tiempo que echaba un nervioso vistazo a las paredes del túnel por el que avanzaban. Como descendía pronunciadamente, la tierra, las rocas y el barro no le infundían demasiada seguridad. De hecho, él mismo no se sentía demasiado seguro.

Tampoco esta vez obtuvo respuesta por parte de su guía. Lo miró de reojo, pero el semblante del hombre permanecía oculto tras una pesada máscara de hierro en forma de cabeza de cocodrilo que recordaba a un delirante casco medieval.

—¿Cómo ha dicho que se llamaba? —comentó nervioso.

Sabía que el portador de la máscara era tan poderoso como peligroso, pero aquel silencio subterráneo lo estaba volviendo loco. Quería oír alguna voz aparte de la suya.

—Ta-mesah.

Más que una palabra fue un siseo, grave y viperino, que provocaba escalofríos.

—¿Tommy qué? —preguntó el otro.

El enmascarado se volvió a mirarlo, girando el siniestro hocico en su dirección. Liam solo alcanzó a distinguir unos ojos oscuros, muy pequeños.

—¡Ta-MESAH! —repitió el hombre.

Liam seguía sin entenderlo, pero asintió de todos modos.

El túnel se internaba directamente en lo más profundo de la oscura tierra inglesa. Liam alzó la vista al techo del pasadizo, por cuyo centro discurría una franja desigual que proyectaba un fulgor verdoso y que constituía la única iluminación del lugar. *Debe de ser una especie de hongo* —discurrió para sus adentros—. *De esos que brillan en la oscuridad.* Había visto algo al respecto en la BBC.

Más y más nervioso a medida que avanzaban, siguió preguntando:

—¿Adónde vamos?

Ta-mesah guardó silencio durante unos cuantos pasos y luego, por fin:

—Quiero que conozcas a alguien.

Liam se preguntó quién demonios sería. Le habían dicho —se lo habían dicho a todos— que el hombre de la máscara era el mandamás. El túnel desembocó en una gran cámara y Ta-mesah se detuvo un instante para cederle el paso a su acompañante. Liam entró.

Un hombre muy alto aguardaba tras una especie de altar plantado cerca del fondo de la estancia. Desde allí, le miró con unos ojos negros, vacíos.

La imagen le provocó una descarga de miedo y confusión, pero hizo de tripas corazón.

—¿Quería… esto… verme?

La siniestra figura graznó una respuesta gutural. Liam no entendió ni una palabra pero, por lo visto, su enmascarado guía, sí.

—Te traigo otro sirviente.

¿Sirviente?, se extrañó Liam.

El hombre se había arremangado la mugrienta camisa y estaba toqueteando la colección de afiladas herramientas de metal que se desplegaban en la bandeja que tenía delante. Los instrumentos tintineaban al chocar entre sí según Willoughby los iba eligiendo. Tomó un fino catéter de bronce, largo como un antebrazo y rematado por un gancho pequeño y afilado. A diferencia de los zoquetes que lo habían preparado a él, Willoughby sabía muy bien por cuál de los dos extremos tenía que sujetarlo. Miró a Liam… y sonrió.

—Muy bien —dijo Liam, hablando más consigo mismo que con los dos hombres que, ahora estaba seguro, se proponían asesinarlo. Había sido un empleado fiel, si bien no demasiado eficaz, y La Orden le había pagado con generosidad. Sin embargo, hay momentos en los que un asalariado debe dejar de serlo y crear su propia empresa.

Giró sobre los talones —siempre ágil para un hombre de su tamaño— y se dispuso a largarse del lugar.

Ta-mesah levantó la mano derecha por debajo de su holgada túnica oscura, con indiferencia, y volvió a bajarla; apenas una leve sacudida de la muñeca.

En la boca del túnel, Liam notó cómo su cuerpo se despegaba del suelo y sus pies pedaleaban en el vacío. No pudo hacer nada más que agitar los brazos con impotencia cuando volvió a caer. Cuando su cabeza golpeó con fuerza la endurecida tierra, perdió el sentido.

Un niño vestido con prendas casi tan sucias como las de su amo surgió del túnel.

—¿Por qué sigue vivo el pequeño? —preguntó Ta-mesah, mientras se apartaba para cederle el paso al pequeño.

Willoughby soltó el gancho y agitó sus dedos tumefactos. Ta-mesah comprendió: la momificación es un proceso delicado. Requiere dedos ágiles.

Una figura grosera entró cojeando detrás del niño para arrastrar el cuerpo exangüe de Liam hacia la losa. El engendro se agachó e intentó levantar el pesado cuerpo; las vendas, recientemente aplicadas, se le tensaban y rasgaban del esfuerzo. Una segunda figura acudió en su ayuda y, juntas, izaron el cuerpo hasta el frío altar.

Ta-mesah estudiaba los torpes movimientos de los dos seres.

Sufren pérdidas después de la muerte, pensó.

El niño ocupó su puesto —la mirada vacía, los movimientos mecánicos— y le tendió el gancho a Willoughby.

Mucho más arriba, a cientos de metros por encima de la superficie, unas extrañas nubes se tornaron más densas y empezaron a agruparse mientras Willoughby ejecutaba los siguientes pasos. El cielo se abrió en lo alto.

126

Ta-mesah observó la momificación con un interés desapega-do, vagamente científico. Ya sabía en qué se convertían los desa-parecidos de Londres. Ahora, a medida que el olor de la lluvia roja se filtraba hasta el aire viciado de la tumba, comprendió también qué la desencadenaba. Estaba más familiarizado que la mayoría con el antiguo proverbio: sangre por sangre.

Para él, no significaba gran cosa. Lo habían enviado para que ayudase al Caminante, y así lo había hecho. Pero en ningún momento llegó a dudar de quién era su verdadero señor.

Que el inglés se divierta con sus burdos juguetitos —pensó—. *Pronto alcanzaremos la verdadera inmortalidad, y el poder que conlleva.*

Noticias de última hora

Los tres amigos estaban apiñados en la habitación de Álex. Miraban el titular que mostraba la pantalla del portátil de Ren: «Sin noticias de la doctora».

Aditi había desaparecido. Álex leyó la noticia rápidamente: «La última vez que fue vista, abandonaba el Museo Británico tras un día de reuniones de emergencia… La vieron hablando por un teléfono móvil, cuyas llamadas no han podido ser recuperadas.»

Álex sabía por qué. El teléfono era de prepago. Todtman también había utilizado uno en Nueva York, para asegurarse de que su móvil no registrase nada relacionado con la misión.

—¿Estaría hablando con alguien? —preguntó, pensando en voz alta—. ¿O dejándonos un mensaje?

Álex volvió a mirar la foto de Aditi en la pantalla, que esbozaba una sonrisa mínima debajo de aquel titular nefasto. Y ellos que creían tener problemas… Resulta que, en realidad, era ella la que estaba en auténticos apuros. Recordó la discusión que habían mantenido en el despacho de la doctora, aquella impaciencia suya, que le había vuelto a jugar una mala pasada. Más remordimientos, más gasolina para su oscuro fuego.

—¿Tú crees que… o sea… la secta esa la ha atrapado? —preguntó Luke—. «La Orden» —aclaró, a la vez que dibujaba unas comillas en el aire con los dedos.

—Eso espero, la verdad —repuso Álex. Porque cabía otra posibilidad, una de la que aún no le habían hablado a Luke. Recordó la sombra gris que había visto surgir de su cuerpo, la boca abierta del Caminante.

—No puedo seguir mirando esto —dijo Ren, y se levantó.

Álex la miró. ¿Acaso estaba viendo lo mismo que él, su propia alma soltando amarras? ¿O, agotada tras la descarga de adrenalina, el tranquilizante por fin le estaba pasando factura? Intentó captar su mirada para hacerse una idea de lo que estaba pensando, pero Ren ya se encaminaba a la puerta.

—Ya me devolveréis luego el ordenador —dijo mientras salía.

Álex vio cerrarse la puerta de su habitación y, al cabo de un instante, oyó cómo se abría la de Ren. Se dio media vuelta y descubrió que su primo lo miraba fijamente.

—Vale, primito —dijo Luke—. No soy tan listo como tú y desde luego no soy tan listo como ella, pero sí soy lo bastante inteligente como para darme cuenta de que me estáis ocultando algo.

Álex asintió. Ya había decidido revelarle a Luke lo que estaba pasando y apenas se había molestado en disimular cuando se había llevado aparte a Ren para explicarle lo de Willoughby. No volverían a mantener a Luke en la inopia. Había visto demasiado.

Inspiró profundamente.

—Lo que voy a contarte te parecerá una locura y es posible que te cueste creerlo —empezó a decir. Con cuidado, se sacó el amuleto de debajo de la camiseta y cerró la mano en torno a él—. Así que antes quiero enseñarte algo.

129

Y allí, en la minúscula habitación, Álex organizó un pequeño espectáculo. No fue ninguna maravilla. Todavía le dolía la
cabeza a consecuencia de la pelea. Así que amontonó unos
cuantos libros, cerró la ventana, encendió y apagó la luz, todo
ello con el movimiento de una mano. Cuando hubo terminado, Luke lo miraba alucinado.

Álex se lo contó todo. Bueno, casi todo. No sabía por qué,
pero no le apetecía revelarle a su primo cómo había empezado
la historia: en una habitación de hospital, con él conectado a la
máquina que lo mantenía con vida y su madre recitando los
Conjuros Perdidos. No se avenía a admitir la verdad pura y
dura: que era el responsable de cuanto había sucedido en Nueva York, Londres, El Cairo y en el mundo entero.

Cuando hubo concluido, Luke miró al suelo y luego otra vez
la noticia que ocupaba la pantalla del portátil. Por fin, se dirigió
a su primo:

—Así pues —empezó, y Álex notó cómo Luke hacía esfuerzos por comprender lo incomprensible—, esa cosa roja que cae
del cielo no son algas, ¿verdad?

Luke asintió en dirección a la ventana. Volvía a llover. Y el
cristal se estaba tiñendo de rojo.

—¿Y qué hacemos? —preguntó entonces.

Álex despegó los ojos del cristal para mirar a su primo.

—¿Te acuerdas de aquel lugar del que te hablé, el cementerio de Highgate? —le preguntó—. Tendremos que volver allí.

—¿Tenemos que ir a un cementerio? —inquirió Luke.

Álex recordó las vestiduras empapadas de barro del Caminante.

—Tendremos que internarnos en sus profundidades —respondió.

Álex era consciente de que quedaba mucho por averiguar,
pero mientras caía la lluvia al otro lado de la ventana y Ren

dormía en la habitación contigua, pasó la tarde preguntándole a Luke qué recordaba de su tía Maggie. Solo eran recuerdos sin importancia —visitas al museo a horas intempestivas, la bicicleta que le regaló cuando cumplió siete años—, pero significaban muchísimo para él. Ahora mismo, los recuerdos eran lo único que le quedaba de su madre.

A plena luz del día

Por fin, Álex decidió que había llegado la hora de volver a la acción. Descendió las quejumbrosas escaleras, seguido de cerca por Luke.

Acababan de dar las cinco y el museo ya estaba cerrado cuando llegaron a la planta baja. Somers trajinaba de acá para allá apagando luces y ordenando objetos. Les bastó una mirada para darse cuenta de que el hombre estaba muy disgustado. Tenía los ojos enrojecidos, la cara congestionada; puede que incluso hubiera llorado. Álex creyó saber por qué.

—La doctora Aditi y usted estaban muy unidos, ¿verdad?

Somers dejó lo que estaba haciendo y se volvió a mirarlo.

—Ella…. Priya… era como una hija para mí —dijo—. Fui profesor suyo hace años. Ahora me parece que fue en otra vida.

El pasado resonó en la mente de Álex. «Era» como una hija… Y no fue el único que se dio cuenta.

—Aún es posible que la encontremos.

Era Ren, que acababa de aparecer en el umbral. Tenía el cabello revuelto tras la larga siesta, pero los ojos despejados. Somers le dedicó una sonrisa triste y una oleada de remordimiento recorrió a Álex cuando la vio. Se sentía responsable de todas las desapariciones —habían sufrido muchas personas para que él siguiera con vida—, pero de aquella muy en particular.

—¿Necesitáis que os ayude en algo? —preguntó Somers—. Me imagino que no habéis venido solo para charlar.

—El Libro de los Muertos —repuso Álex sin vacilar—. Pensábamos conseguirlo en el Museo Británico una vez que supiéramos qué conjuro…

Dejó la frase en suspenso. Aún no lo sabía, pero creía imaginar qué clase de hechizo necesitaba. Lo sabría en cuanto lo viera…

—¿Para qué necesitamos un libro? —preguntó Luke, que nunca les había encontrado mucha utilidad.

Esa respuesta, sin embargo, Álex sí la conocía.

—A partir de ahora, estamos en guerra —anunció—. Han capturado a la doctora Aditi y casi se llevan a Ren. Tenemos que detenerlos. Hay que destruir a Willoughby, el Caminante de la Muerte. Él es el origen de todo esto, igual que en Nueva York.

Buscó en su cerebro la expresión adecuada y la encontró:

—Tenemos que cortar la cabeza de la serpiente.

—Lo puedes hacer con el libro, ¿verdad? —dijo Somers—. Los puedes enviar de vuelta al otro mundo.

Álex miró al hombre y asintió. Aditi les había asegurado que podían confiar en el anciano —en el profesor—, pero ahora se preguntaba hasta qué punto estaba al corriente de lo que se traían entre manos. Cuánto le había contado la doctora Aditi.

—¿Todavía podemos sacarlo? —preguntó—. El Libro de los Muertos, quiero decir. ¿Puede sacarlo usted?

Otra sonrisa fatigada.

—¿Qué pretendes? ¿Qué el viejo conservador de la Colección Campbell entre tranquilamente en el Museo Británico y se lleve un montón de documentos antiguos?

Álex reflexionó. La seguridad en el Británico sería extrema, sobre todo ahora. Sin Aditi, eso iba a suponer otra dura batalla…

—Pero tenemos parte del libro aquí —añadió Somers.

El chico negó con la cabeza.

—Lo comprobé cuando llegamos —se lamentó—. Solo son unos cuantos conjuros del principio.

—Sí, pero ahora sabemos más —terció Ren—. Deberías echarles otro vistazo.

—Pero… —objetó Álex.

—Solo necesitamos uno —insistió ella.

—Supongo que por probar no se pierde nada —reconoció él.

La vitrina estaba a unas cuantas salas de allí. Alex observó la escasa colección de papiros y fragmentos de lino cubiertos de filas y filas de esos símbolos que constituyen la escritura jeroglífica e ilustrados con pequeñas imágenes. Dioses y humanos, jueces y almas sometidas a juicio.

Álex rodeó el escarabeo con la mano izquierda y notó cómo la fría piedra se caldeaba a su contacto, igual que si estuviera viva. A la escasa luz que iluminaba la colección cerrada al público, la antiquísima escritura que tenía delante empezó a proyectar un suave fulgor.

Los ojos del chico escudriñaron los marchitos papiros. Según las palabras adquirían sentido, leyó los títulos en voz alta. Los conjuros no alcanzaban una docena en total: «Para salir a la luz del día»… «Para respirar en el submundo»… Por fin, soltó el amuleto, el fulgor se desvaneció y el blanco volvió a sus ojos.

—No está aquí —dijo—. No es ninguno de esos.

La energía abandonó la sala como un globo que se desinfla.

Súbitamente, Álex se volvió a mirar a Somers.

—Pero hay más por aquí, ¿verdad?

—¿Más? —preguntó el conservador.

—Sí, más fragmentos del Libro, otros conjuros —especificó Álex—. Los he percibido.

El hombre se quedó desconcertado un instante, pero luego su semblante se despejó.

—Tienes razón —asintió—. Están en el sótano. Pero se encuentran en muy mal estado. No están en condiciones de ser mostrados al público.

Álex esbozó una sonrisilla traviesa.

—No hace falta que los mostremos.

En el sótano había más sombras que luz. Gruesas telarañas colgaban de los rincones y la capa de polvo y pelusas que cubría el suelo aumentaba si cabe la sensación de decadencia.

—Maravilloso —dijo Ren, que permaneció retirada mientras Somers hurgaba entre vitrinas oxidadas y cajas deformadas.

—¿Están ahí? —señaló Álex—. ¿En esa caja vieja, debajo de la mesa?

Somers extrajo la caja y sopló para retirar algo de polvo. Apareció una inscripción, escrita con rotulador de punta gruesa: L. D. MUERTOS

—O bien es lo que estamos buscando, o bien contiene cadáveres —comentó el conservador con ironía. Levantó la caja y la dejó caer sobre la mesa, donde aterrizó con un golpe sordo.

Casi todo eran restos —el equivalente arqueológico al cajón de los trastos—, pero Álex procedió a revisarla con cuidado. Sostenía el amuleto con una mano mientras con la otra inspeccionaba el contenido, y supo de inmediato que iba por buen camino. Los conjuros de la planta baja eran más generales, los mismos que daban comienzo al libro: aquellos que pretendían ayudar al alma a pasar al otro lado. Estos, en cambio, iban al grano… Desplegó sobre la mesa los conjuros que estaban en mejores condiciones.

Una vez más, tomó el amuleto y los antiguos textos cobraron vida mientras leía:

«Para que un hombre se transforme en espíritu en el submundo»;

«Para protegerse de las serpientes en el submundo»;

«Para protegerse de los saqueadores de tumbas y ladrones extranjeros»;

«Para avanzar y volver atrás»…

Álex se detuvo. Regresó a uno en concreto: «Para protegerse de los saqueadores de tumbas y ladrones extranjeros». El fulgor que emanaba de los jeroglíficos se apagó y sus ojos volvieron a enfocar el entorno. Levantó el delgado fragmento de lino, un mero retal de lo que en su día fuera el vendaje de una momia.

—Creo que es este —dijo.

—¿Eso? —se extrañó Luke—. Pero si parece una servilleta de cafetería de tres mil años de antigüedad… usada, después de comer pizza.

Álex sonrió. Los antiguos egipcios habían aportado muchos avances a la civilización —en matemáticas y medicina, los cerrojos e incluso la pasta de dientes—, pero la pizza no se encontraba entre sus logros. Somers abrió un sobre de manila y Álex, con sumo cuidado, depositó el conjuro en el interior.

—¿Estás seguro? —preguntó Ren.

A diferencia de Luke, ella entendía lo que había en juego. Un Caminante de la Muerte solo se podía enviar al otro lado con ayuda del conjuro exacto. Habían llevado tres a la batalla con el Hombre Aguijoneado. En esta ocasión solo llevarían uno; o lo que quedaba de él.

—Estoy seguro —afirmó Álex. Sin embargo, según lo estaba diciendo, se preguntaba qué sabía él en realidad de Willoughby.

—Si te equivocas… —dijo Ren.

No tuvo que terminar la frase. Álex captó el sentido. *Si me equivoco* —respondió para sus adentros—, *estamos muertos.* Recordó la información que había leído: «saqueador de tumbas profesional… cargos múltiples por robo…» *Tiene que ser él* —pensó—. *¿Verdad?*

—Es este —repitió, insuflando a su voz más seguridad de la que sentía. Estaba listo para volver a enfrentarse al Caminante, y aquel era su salvoconducto. Sin embargo, experimentó una nueva inquietud mientras cerraba el sobre que contenía aquel fragmento de lino frágil y reseco—. Solo espero que no se haga pedazos.

Abandonaron en fila el lúgubre sótano.

—¿Necesitáis algo más? —preguntó Somers mientras cerraba la puerta.

Todos sopesaron la pregunta.

—¿Tiene una pala? —preguntó Álex.

—Y linternas —añadió Ren.

Luke lo pensó un poco más.

—A mí no me vendría mal un refresco energético —dijo.

La oscuridad que se avecina

Tomaron el metro en silencio, otra vez solos. Somers se había quedado en el museo «como reserva». Se había empeñado en acompañarlos, pero ellos insistieron en dejarlo atrás… y prácticamente salieron corriendo del lugar antes de que pudiera seguirlos. Su compañía solo sería un engorro. A su edad, andar le costaba lo suyo y la idea de que corriera era impensable.

Luke trató de imaginarlo: ser incapaz de correr. Debía de ser lo más horripilante del mundo. Claro que no había visto al «Caminante de la Muerte» o como se llamase esa cosa de la que no paraban de hablar los demás. También debía de dar bastante miedo. El tren se detuvo abruptamente y la atiborrada mochila de Álex se desplazó y tintineó en el suelo.

—Ya estamos —dijo Ren en un tono un tanto desanimado.

Luke se levantó y agarró la mochila de Álex sin preguntar. Era más fuerte que él y, además, quería que su primo tuviera las manos libres para usar el bicho mágico. Era una locura pero, después de lo que había visto, no pensaba ponerse a discutir acerca de ese rollo de la magia. Había muchas cosas que no entendía. Como, por ejemplo, por qué era capaz de hacer un mate jugando al baloncesto, con tan solo trece años, cuando la mayoría de los chicos jamás lo conseguían. Tenía un lema para ese tipo de cosas: «No te comas el coco».

—Qué pérdida de tiempo —comentó Ren mientras esperaban el ascensor que los llevaría a la calle.

Luke no la entendió hasta que estuvieron a mitad del ascensor.

—¿Porque tendremos que volver a bajar? —le preguntó.

Ella asintió, pero el chico advirtió que estaba a millones de kilómetros de distancia. No era capaz de interpretar sus estados de ánimo tan bien como los de su primo. Sabía que Álex tramaba algo en cuanto lo oía moverse en el cuarto de invitados, al otro lado de la pared. Pero ¿aquella chica, que no decía esta boca es mía y abría los ojos de par en par? ¿Debía atribuir aquella expresión al miedo? ¿A la determinación? ¿A ambas cosas?

Dejaron atrás la estación y remontaron la cuesta camino del cementerio. La noche empezaba a caer y el cielo se estaba tiñendo de un ocaso morado. La cuesta era empinada —un buen ejercicio para los cuádriceps—, pero, a mitad de camino, los otros dos se detuvieron. Luke retrocedió para averiguar a qué se debía el retraso. En un mundo ideal, le habría gustado llegar al cementerio antes de que hubiera oscurecido del todo. Y conste que no estaba asustado ni nada…

Álex y Ren hablaban con una pareja mayor que repartía papeles con una fotografía.

—De momento no hemos tenido suerte —decía la mujer—, pero si una sola persona recuerda haberlo visto aquella noche…

Luke echó un vistazo a la hoja que sostenía la mujer. Distinguió apenas el retrato a la tenue luz. Al instante, sus ojos se posaron en el trofeo. *Terceros* —pensó—. *Pobre*. En aquel momento, recordó dónde lo había visto anteriormente.

—Están buscando a su sobrino, ¿verdad? —preguntó.

—Sí —repuso el hombre—. A nuestro querido Robbie.

—Ya, ya —dijo Luke—. Buena suerte.

139

Reanudaron la marcha colina arriba. Ahora, a Luke le pesaban más las piernas, y no a causa de los cuádriceps. *Niños pequeños,* meditó. ¿Sería obra de La Orden, también, o del Caminante de la Muerte? Y, si Álex estaba en lo cierto, ¿importaba eso siquiera? Un pensamiento final cobró forma en su mente, más claro que los anteriores. Eran cinco sencillas palabras:

¿Dónde demonios me he metido?

Ahora las calles de Highgate estaban desiertas. Los tíos del chico fueron las dos últimas personas con las que se cruzaron. Apenas había tráfico, exceptuando unos cuantos coches de policía que circulaban despacio.

—Por aquí —indicó Ren, y señaló un cartel que decía: PARQUE WATERLOW.

No había nadie en el parque y la luz menguante le arrebataba el color. Los únicos sonidos que poblaban la noche procedían de los pájaros nocturnos que se preparaban para sus quehaceres; los únicos movimientos, de una bandada de gansos que flotaban a la deriva en el oscuro estanque. En cuanto salieron del jardín, Luke vio el cementerio de Highgate, que se cernía sobre ellos como una ciudad muerta. En la parte inferior, en mitad de una calle estrecha, brillaba una luz solitaria.

Dejaron los árboles atrás y cruzaron la calzada. Una tenue niebla londinense cubría la musgosa ladera, como casi todas las noches, lo que otorgaba al terreno que se extendía a sus pies un tono más pálido que el color del cielo. En la entrada principal, las ventanas de la pequeña construcción estaban sumidas en la oscuridad.

—Estamos solos —dijo Luke.

Álex se llevó la mano al pecho y aferró el amuleto.

—No, no lo estamos.

La cripta

Álex utilizó el amuleto para forzar el pesado cerrojo de la verja.

—¡A la primera, tronco! —exclamó Luke cuando la gruesa clavija cedió.

Álex se dispuso a abrir el portalón.

—Espera —dijo Ren.

—¿Qué pasa? —preguntó el chico, y se dio media vuelta a toda prisa—. ¿Has visto algo?

—No, es que... ¿Tenemos que entrar ahí ahora mismo? ¿En plena noche?

—¿Te estás quedando conmigo? —le reprochó Álex—. ¡Ya estamos aquí!

—Sí, pero estaba pensando que podríamos volver, investigar un poco más, asegurarnos de que tenemos todo lo que necesitamos...

—¡Y regresar por la mañana! —añadió Luke.

Álex ni se molestó en ocultar su disgusto.

—Volved a casa si queréis —les espetó—. Yo voy a entrar.

Empujó la puerta de hierro y se deslizó al interior. Los otros dos lo siguieron a regañadientes, no sin antes intercambiar una mirada rápida. Las blandas suelas de sus zapatillas deportivas pisaron las losas del patio sin hacer ruido y pronto los tres alcanzaron la escalera que remontaba la colina. Álex se detuvo un momento para mirar las sombrías siluetas de árboles, lápidas, cruces y criptas que se recortaban contra la oscuridad.

—Está oscuro ahí arriba —comentó Luke.

—Muy oscuro —asintió Ren—. ¿Sacamos las linternas?

Álex alzó la vista. La luna apenas era visible tras la cambiante cortina de nubes. Sin embargo, no podían arriesgarse a que los vieran.

—No —dijo—. Si no nos apartamos del camino principal, todo irá bien.

La piedra clara de los peldaños reflejaba la escasa luz que los iluminaba. Álex inspiró profundamente y encabezó la marcha. Los otros lo siguieron a pocos pasos de distancia. El camino principal estaba más iluminado, pero no demasiado. Al principio, forzando la vista, Álex atinaba a ver por dónde iba. Sin embargo, según se aproximaban a la cima, la neblina se fue tornando más densa. Pronto sus pies quedaron envueltos en una niebla algodonosa. Las criptas y las lápidas flanqueaban el camino como islas oscuras que emergieran de un mar gris.

—Esas lápidas son enormes —susurró Luke.

—Porque hay personas dentro —cuchicheó Álex.

—¿QUÉ? —preguntó el otro, ahora elevando la voz.

Álex lo hizo callar y luego añadió:

—Los sepultaban en la superficie.

Luke echó un vistazo a la tumba más cercana: un gran rectángulo de piedra decorado con un intrincado grabado floral. Lo saludó y susurró:

—Adiós, chaval.

—Sssshh —cuchicheó Ren—. Ya casi hemos llegado.

—¿Adónde? —susurró Luke.

La mirada asesina de Ren se perdió en la oscuridad.

Álex respondió:

—A la Avenida Egipcia.

Se congregaron a un lado del arco de entrada. Miraron al interior, pero no parecía que hubiera nada en el estrecho camino que discurría entre las criptas. Negro absoluto, silencio sepulcral. Aguzaron los oídos durante todo un minuto antes de disponerse a entrar.

—Linternas —susurró Álex.

Luke se descargó la mochila con suma habilidad, sin el menor tintineo o choque de metal, y todos alargaron la mano para coger una.

—Enfocad al suelo —les ordenó.

El haz de las linternas traspasó la niebla a sus pies.

Él se pegó a Ren cuando iniciaron una lenta procesión hacia la cripta de Willoughby.

—¿Estás bien? —cuchicheó.

—Un poco tarde para preguntar —le soltó ella.

Pillado por sorpresa, el chico no supo qué responder. ¿Debía disculparse?

—Yo… yo…

—Estoy bien, Álex —repuso, pero un leve temblor de la voz desmintió sus palabras. Pronunció la siguiente frase con más seguridad—. Solo quiero acabar de una vez.

—¿Cómo sabremos cuál es? —preguntó Luke, que dirigía el rayo de la linterna a cada una de las puertas, negras y pesadas, que los flanqueaban. En ese momento, el haz barrió una que estaba abierta—. Da igual —susurró—. La he encontrado.

Encontrarla es una cosa. Entrar es otra muy distinta. Los tres amigos se plantaron ante la puerta e intercambiaron miradas a la tenue luz. Entonces, muy despacio, Ren y Luke se volvieron hacia Álex.

—Sí —musitó a la vez que clavaba los ojos en la puerta—. Vale.

Tenía un pie rozando el umbral. Obligó al otro a unirse al primero. Plantado en la línea entre la vida y la muerte, echó un último vistazo a sus amigos. Oía los latidos de su propio corazón y notaba la fresca brisa nocturna en las mejillas. Levantó la linterna y dio un paso adelante…

Algo revoloteó y le rozó la cara en el mismo instante en que cruzaba la entrada.

El terror se agolpó en su estómago al mismo tiempo que aquello, fuera lo que fuese, volvía a acariciarle la mejilla. Giró sobre sí mismo, agarrando el amuleto con una mano y enfocando la linterna con la otra. Era…

—Solo es un trapo —oyó decir a Luke.

Al otro lado del haz, Álex vio un jirón de tela blanca de unos seis centímetros de largo. Se había quedado enganchado en la parte interior de la jamba y ondeaba suavemente con la brisa.

Bajó la linterna, se colgó el escarabeo por fuera de la camiseta y miró a sus amigos. Exhibiendo una gran sonrisa, Luke lo señalaba con el dedo: *¡pringado!*

Pero Ren lo miraba a los ojos y Álex sabía por qué. Ambos habían visto vendas de lino tan limpias como aquellas, o una foto de estas, cuando menos.

—Venga, chicos —dijo Álex, y les pidió por señas que lo siguieran.

En la cripta olía a humedad. Álex barrió la pared más cercana con el rayo de la linterna, iluminando así una hilera de vasijas de cerámica. Imaginó el pan, la cecina y los cereales de ciento setenta años de antigüedad que contenían, y se alegró de que estuvieran tapadas.

—¡Una estatua! —exclamó Ren, al tiempo que enfocaba el rincón más alejado.

—¡Hala! —se sorprendió Luke—. Tiene pinta de malote.

Una escultura del capitán Willoughby se erguía en un rincón

de la cripta, señalando desde allí algún descubrimiento en la lejanía. Álex agitó el haz de su luz sobre la imponente figura.

—Es idéntico a él —exclamó, y lo era: el mismo rostro, el mismo atuendo, el mismo tamaño—. Idéntico.

Dirigió el rayo a los ojos de la estatua. Eran tan inexpresivos como recordaba, pero en lugar de ser negros como el carbón, estos mostraban el elegante blanco roto del mármol. Álex dejó la luz donde estaba unos instantes más, solo para asegurarse de que no parpadeaban. Respiró aliviado.

—Aunque… —comentó al recordar la vieja foto—. El tío estaba mucho más gordo en la vida real.

—Aquí está la tumba —observó Luke—. También fue enterrado en la superficie.

Palabra clave: «fue». La tapa había sido retirada y Álex supo que el ataúd de plomo del interior estaría vacío también antes incluso de enfocarlo con la linterna. Si el Caminante estuviera allí, lo habría notado.

Una pregunta cobró forma en la oscuridad: *Entonces, ¿dónde está? ¿Y dónde está la momia que dejó ese resto de vendaje?*

Alex volvió la vista hacia el umbral, donde el jirón de tela seguía revoloteando por la brisa. La brisa. Se humedeció el dedo y lo levantó. La brisa soplaba en ambas direcciones, tanto desde el fondo de la cámara como desde la puerta. Rodeó despacio el viejo ataúd de piedra hacia la pared del fondo.

—La pala —pidió con la mano tendida.

—La pala —repitió Luke, y rebuscó en la mochila la vieja pala plegable que Somers guardaba de sus tiempos de soldado.

Habían llegado a la cripta. Ahora debían seguir avanzando.

145

Abajo, mucho más abajo

Utilizaron la pequeña pala telescópica no para cavar, sino para hacer palanca. Ren echó un último y nervioso vistazo a su espalda mientras Álex desplegaba la herramienta hasta la mitad y se disponía a hundirla. La deslizó bajo el borde de la gran losa de piedra que habían descubierto contra la pared trasera y empujó con todas su fuerzas. Nada. Saltó, gruñó, se esforzó. Nada. Le tendió la pala a Luke, que ya se estaba acercando para tomarla.

Este no saltó ni empujó. Se inclinó sobre ella y aplicó una presión mesurada y regular. Ren lo veía trabajar, y la seguridad de sus movimientos la tranquilizó un poco. Luke poseía una evidente facilidad para todo aquello que implicase habilidad física. Tal como esperaba, la losa comenzó a desplazarse hacia un lado. Cuando el hueco se lo permitió, los tres se congregaron allí y empujaron.

Un débil fulgor los inundó cuando la apertura se ensanchó. Ren dejó que los chicos terminaran el trabajo y echó un vistazo al interior. Al otro lado había un túnel que se internaba en la montaña. El extraño resplandor procedía del techo. Ren tragó saliva con dificultad. Había visto algo parecido en otra ocasión: en la tumba del Hombre Aguijoneado.

Álex tomó su mochila, que contenía el conjuro, y Ren agarró la pequeña pala para usarla como arma.

—Apagad las linternas —ordenó Álex, plantado bajo la misteriosa luz verdosa.

Ren dejó caer la linterna en la mochila no sin antes mirarle la nuca irritada. Ya se estaba poniendo en plan mandón otra vez. Álex se volvía más gruñón y cabezota con cada complicación. Se había mostrado más o menos amable con ella durante... ¿cuánto tiempo? ¿Medio día después del ataque? Y ahora quería que se internasen en aquel túnel sucio y oscuro. Cuanto antes. ¿Por qué no esperar una noche? *¿Y dejar que eche un vistazo al libro del arqueólogo ese? ¿Y quizás a alguno más?* No se sentía preparada y odiaba esa sensación.

Para tranquilizarse, redactó una lista mental de todas las razones que la habían llevado hasta allí: 1) por Álex, que la necesitaba; 2) por la madre de Álex, a la que consideraba prácticamente de su familia; 3) por la doctora Aditi; 4) por aquel pobre niño desaparecido, y por todos los demás; 5) CONTRA el monstruo; 6) CONTRA La Orden...

Bajaron por el túnel con precaución, manteniendo los ojos bien abiertos. Ren ladeó la cabeza ligeramente para aguzar los oídos al máximo.

Unos tres metros más adelante había una abertura. La parpadeante llama de una vela brillaba al otro lado. Caminaron en silencio hasta la entrada y al llegar allí se detuvieron. Álex agarró su amuleto con más fuerza a la vez que Ren levantaba la pala. Se miraron y asintieron. Él agachó la cabeza para cruzar.

Guardó silencio durante varios segundos. Ren contuvo el aliento. *¿Habría visto algo espantoso? ¿Algún horror inimaginable?*

El chico levantó una mano y les indicó por gestos que entraran. Ella respiró aliviada.

—Todo en orden —susurró Álex.

Se trataba de una cámara secundaria de dimensiones reducidas, la última parada antes de llegar a la cripta y la primera del camino de entrada, como el zaguán de una casa. Ren miró a su alrededor: para ser un zaguán, era sumamente elegante. Las paredes e incluso el techo habían sido enyesados con cuidado. Había varios apliques de plata con velas y en un pequeño anaquel, en mitad de una pared, el objeto más brillante que había visto en su vida.

—¡Hala! —exclamó Luke.

—¿Eso es…? —empezó a decir Álex.

—Una de las joyas de la Corona —asintió Ren. Se trataba de una semiesfera dorada, rodeada y rematada por una galaxia de piedras preciosas. La había visto mientras hojeaba su guía. *¿La corona del monarca, quizás?* Le recordó a los objetos robados que había en la capilla del Hombre Aguijoneado, pero solo un poco.

—El último solo tenía, o sea, unas cuantas alfombras muy bonitas —comentó.

—Este es más poderoso —afirmó Álex, que ya se estaba alejando de aquella joya famosa en el mundo entero—. Lleva despierto más tiempo.

Ren había comprobado el poder de Willoughby en sus propias carnes, claro, pero un nuevo pensamiento la hizo estremecer: *¿Cuánto poder podían llegar a acumular aquellos seres?*

—Vamos —dijo Álex.

Lo siguieron al pasillo. Ren sabía por qué estaba tan enfadado y obcecado, y de verdad esperaba que encontrara pronto a su madre.

Porque ella también estaba preocupada.

Porque le preocupaba cómo estaba afectando la búsqueda a su amigo.

Porque estaba segura de que, si no la encontraba pronto, todos acabarían muertos.

De nuevo en el corredor, el desastre se produjo casi de inmediato.

Algo se está aproximando.

Álex se detuvo y levantó una mano.

—¿Qué pasa? —preguntó Ren.

—Algo se acerca —le respondió.

—Yo no he oído nada —susurró ella.

Él negó con la cabeza. No se trataba de nada que hubiera visto u oído. Lo había presentido. Posó los ojos en el escarabeo antes de cerrarlos y estrechar el amuleto con más fuerza. Ahora lo notaba, casi como una señal en la pantalla de un radar interno, a su izquierda, cada vez más cerca. *¿Deberíamos retroceder?* Ni soñarlo. En aquella dirección no había nada salvo la cámara secundaria y, mucho más arriba, la cripta. Tenían que seguir bajando, encontrar al Caminante de la Muerte. Miró al frente. Unos cinco metros más allá, brillaba una nueva luz en el túnel.

—Por aquí —dijo.

Según se acercaban, vio que el fulgor procedía de dos aberturas situadas a ambos lados. *Túneles secundarios*, dedujo. A medida que se aproximaban a la intersección, notaba la presencia con más fuerza también. *¿Qué es? ¿Es el Caminante?* No lo creía, aunque no sabría decir por qué.

—Hay que darse prisa —susurró. Fuera lo que fuese, debían sorprenderlo en el cruce. No lo mencionó, porque temía que, de hacerlo, lo obligaran a detenerse.

Se apresuraron túnel abajo, sus pasos y respiraciones más ruidosos a medida que aceleraban el ritmo. Álex se volvió a mirarlos: Ren caminaba pegada a sus talones. Seguro de poder alcanzarlos, Luke se había rezagado unos metros.

—¡Corre! —jadeó Álex, al tiempo que le pedía a su primo por gestos que apurara el paso. Luke lo saludó con la mano.

Álex y Ren pasaron de largo los túneles secundarios y se detuvieron. Él intentó tranquilizarse y centrarse para consultar de nuevo su radar interno.

Sin embargo, antes de que pudiera hacerlo, vio que su primo llegaba a la intersección. Luke miró a derecha y a izquierda. Y entonces, a la luz verdosa, lo vio abrir los ojos de par en par. Lo que sea que Álex había presentido estaba *allí mismo*.

—¡Demonios! —exclamó este cuando una figura pálida salió del túnel para abalanzarse sobre él. Trató de agarrarlo con los brazos tendidos, y le clavó unos dedos semejantes a garras.

Durante un horrible instante, Álex pensó que lo había atrapado. Pero Luke era rápido. Con un raudo giro de caderas, salió disparado por el túnel de la derecha. La momia se precipitó tras él y ambos desaparecieron por el pasaje.

—¡LUKE! —gritó Ren.

Álex y ella corrieron a la intersección y escudriñaron el túnel secundario. No vieron ni rastro de la momia ni de Luke… y diez pies más allá atisbaron el brillo de otra intersección.

Álex intentó ahuyentar de su mente la sensación de pánico. Estaban en un laberinto de túneles… y acababan de perder al miembro más fuerte del equipo. Rodeó el escarabeo con la mano y luego cerró los ojos para concentrarse, para notar la presencia de la momia. Nada. Se habían alejado demasiado.

El remordimiento lo inundó como agua helada en un barco que se hunde. A veces tenía la sensación de que todo lo sucedido era responsabilidad suya. Pero en este caso solo él tenía la culpa. Su primo. Desaparecido. Las palabras de Ren resonaron en su pensamiento con tanta claridad como cuando las había pronunciado: «Tú me arrastraste hasta allí. Me serviste en bandeja».

Aunque quizá no fuera demasiado tarde para ayudar a Luke.

Ahora Ren no dijo nada. Se internó en el pasaje con él y echó a correr detrás de Luke. Alcanzaron la siguiente intersección. ¿Por dónde se había ido? Tomaron el rumbo que les pareció más probable y siguieron corriendo, desesperados por encontrarlo. Con la esperanza de que quedara algo que encontrar.

—Sientes su presencia, ¿verdad? —jadeó Ren a su lado—. Por eso nos has pedido que nos apresuráramos.

—Solo cuando están cerca —resolló Álex.

—¿Y cómo lo haces?

Llegaron a otro cruce. Dos elecciones más y las probabilidades se multiplicaban en su contra. Se detuvieron, con las manos en las rodillas, y Álex meditó su respuesta.

—No lo sé —dijo. Pero sí que lo sabía; también sentía eso. Sencillamente, no le apetecía decir: «Porque están muertos».

Los túneles doblaban y se entrecruzaban. Se detuvieron a investigar otra pequeña sala, pero esta, inacabada, era poco más que una cueva en la tierra, y no hallaron señales de Luke. Lo habían perdido y ahora ellos se habían extraviado también.

—Espera, yo… —susurró Álex, que se había detenido súbitamente.

—¿Qué pasa? —preguntó Ren. Lanzó unas cuantas miradas inquietas al pasaje desierto y luego volvió la vista hacia el amuleto—. ¿Otra momia?

—No lo sé —repuso Álex. Cerró los ojos para concentrarse—. Parece distinto.

—¿En qué sentido?

Negó con la cabeza. Aún no dominaba aquella habilidad.

—Solo distinto.

Súbitamente, abrió los ojos. Miró directamente a Ren.

—¡Se acerca hacia aquí!

—¿Corremos? —propuso Ren con un susurro apremiante.

Álex lo meditó y respondió:

—No. Tenemos que dejar de huir. Hemos venido por una razón.

La chica lo miró.

—Temía que fueras a decir eso, pero…

—Pero ¿qué? —preguntó él en un tono urgente.

—Tenemos que ser más listos esta vez. No podemos quedarnos aquí esperando a que nos vean.

Álex comprendió que tenía razón. Si se iba a producir la confrontación que tanto ansiaba, tenían que asegurarse cierta ventaja.

—A la cámara pequeña —dijo.

—¿Una emboscada? —preguntó ella, escéptica—. Pero ¿y si es eso lo que…?

Sin embargo, Álex ya había echado a correr hacia la pequeña sala.

—Date prisa —la apremió.

Se agacharon para entrar en aquella cámara oscura y húmeda. No era mucho mayor que ellos, así que se limitaron a acurrucarse juntos en el interior.

Ren escudriñó el tenue fulgor del pasaje y, agarrando el mango con las manos ligeramente temblorosas, levantó la improvisada arma.

Álex cerró los ojos y se aferró el amuleto con fuerza. Tenía la sensación de que el ser estaba casi encima de ellos.

—No sé… —susurró Ren—. Si es él… no sé si podré soportarlo otra vez. Este lugar… Me siento como si estuviéramos en nuestra propia tumba.

Sonó un rumor en el pasaje y a continuación se hizo el silencio. Álex solo alcanzaba a escuchar los latidos de su corazón. Luego…

Otro susurro, ahora más cerca, al otro lado de la entrada. Ren levantó la pala unos centímetros más, casi hasta rozar la tierra del techo. Álex apretó el amuleto entre los dedos y las alas del escarabeo se le clavaron en la suave piel de la palma. ¿Habían preparado una emboscada… o se habían metido en una ratonera?

Demasiado tarde. Ya estaba allí.

—¿Marrauc?

Qué ruido tan raro…

Más alto, más cerca:

—¿MARRAUC?

El ruido rebotó en las paredes y Álex comprendió que el ser estaba doblando la esquina. ¡Iba a entrar! El miedo y la expectación se arremolinaban en su interior. A su lado, Ren se echó hacia atrás hasta que sus hombros tocaron la tierra de la pared. Álex avanzó medio paso para ocupar su lugar. Le ardían los ojos, pero no se atrevía a parpadear.

Y ahí estaba.

No se lo podía creer.

Una sombra oscurecía el umbral…. A poco más de un palmo del suelo.

—¿Marrauk? —maulló la momia del gato—. ¿Marrauk?

Ahora Álex ya sabía cómo sonaban los maullidos de un gato muerto.

—Es Pai… —dijo Ren a la vez que bajaba la pala.

—¿Cómo ha…? ¿De dónde…? —musitó Álex, estupefacto.

153

Con los nervios de punta, Ren se desplomó en el suelo y dejó caer la pala, que aterrizó con un golpe sordo.

—Me alegro de que sea ella —consiguió decir. Con las manos estiradas y de espaldas a la pared, tendió una temblorosa mano hacia la criatura, pero se lo pensó mejor y la retiró—. Hola, Pai —susurró.

El gato, flacucho y vendado a medias, permaneció donde estaba unos instantes, observándolos. Luego dio unos pasos directamente hacia Ren. Agitó el delgado cuerpo, propinó un manotazo a los rasgados vendajes y se quedó mirando cómo un objeto opalescente rodaba libre, arrastrando una cadenita de plata con él.

—No me lo puedo creer —exclamó Ren al tiempo que erguía apenas el cuerpo.

El animal se quedó mirando a la chica, no sin antes retroceder un paso con sus cuatro patas.

Los ojos de la chica, helados de miedo hacía solo un instante, destellaron cuando miró el objeto.

—¡Cógelo! —dijo Álex, alzando la voz de pura emoción—. ¡Es para ti!

Ren alargó la mano para coger el amuleto.

Su amuleto.

Se trataba de un obsequio muy especial e increíblemente extraño a un tiempo. La expresión de Ren constituía la mezcla perfecta de ambas emociones: la de una mañana de Navidad y la de una noche de Halloween.

Se volvió a mirar a su viejo amigo y luego a su amiga más reciente. Pero Pai-en-Inmar ya se alejaba.

—Espera —le pidió Ren. Pero vivos o muertos, los gatos nunca obedecen esa clase de órdenes.

Cuando la escuálida cola de Pai desapareció en el pasaje, Ren acercó el amuleto a la luz. Dobló las piernas bajo su cuerpo y usó la mano libre para incorporarse. Esta vez se plantó más erguida, con un aire más decidido.

—Es un pájaro —dijo.

—Un ibis —especificó Álex—. Se trata del símbolo de Tot, el dios de la sabiduría y la escritura.

—¿Tot? —murmuró Ren—. Pero ¿por qué...? O sea, ¿por qué yo?

Álex miró al lugar donde el antiquísimo gato estuviera hace un momento.

—Creo que te ha dado las gracias por haberla liberado.

Ren sonrió.

—Tengo un amuleto. —Con cuidado, se lo colgó al cuello—. Igual que tú.

Lo rodeó con la mano izquierda. Se quedó sin aliento y alucinada.

Ante la mirada de Álex, los ojos castaños de Ren lanzaron un destello plateado.

Ren sintió que su nerviosismo amainaba y su pulso se aceleraba. Tenía la sensación de estar avanzando a toda velocidad en una situación de máximo control. Una única imagen acudió a su mente: una aglomeración de manchas verdes fosforescentes contra un fondo oscuro; a continuación, la inconfundible forma de una S en el centro, allí donde el fulgor era más fuerte.

La imagen desapareció instantes antes de abandonar su retina.

Ren soltó el amuleto y respiró hondo.

—¿Qué ha pasado? —preguntó Álex.

—He visto algo —respondió ella, con un dejo maravillado en la voz. Bajó la vista hacia el ibis—. Me ha enseñado algo.

—¿Qué? —insistió Álex—. ¿Qué has visto?

He ahí el quid de la cuestión. ¿Qué acababa de ver? No se trataba de un recuerdo, ni de imaginaciones suyas. No se trataba de nada que conociera, pero supo, instintivamente y de inmediato, que era real.

Salió al pasaje y volvió la vista a un lado y a otro. Y allí estaba, en el techo del tramo ascendente, la inconfundible forma de S que acababa de visualizar, una brillante curva contra el suave fulgor del fondo.

Ren miró a Álex y luego el ibis que le había regalado el cadáver de un gato… El ser más mugriento del mundo… Pero le había dado lo que más necesitaba, lo único que podía proporcionarle tranquilidad. Le había entregado conocimiento.

—Creo que sé por dónde continuar —dijo.

—¿Crees? —preguntó Álex, escéptico.

—Lo sé —afirmó Ren.

Mientras guiaba a Álex por aquellos túneles oscuros y peligrosos, se concedió un momento para pensar en ello. La magia siempre la ponía nerviosa por una cuestión muy simple: no tenía pies ni cabeza. La sabiduría, en cambio, era su aliada. Y aquellas imágenes se asemejaban a las piezas de un puzle que ella debía encajar.

Sin embargo, no estaba del todo segura. Por más que le alegrase que le sirviesen la solución en bandeja, le parecía demasiado fácil. A diferencia de cuando hacías un trabajo para subir nota, aquellos puntos se los estaban regalando. Además, le producía una sensación rara e inquietante tener algo así en la cabeza. Se sentía como si un alienígena se hubiera colado en su cerebro y estuviera cambiando de canal. Un alienígena… o un fantasma.

Sus ojos emitieron otro destello, y Álex y Ren pasaron junto a una nueva cámara, oscura e inacabada.

—Vale —dijo la chica, y aguardaron a que visualizara la próxima imagen.

Dos círculos resplandecientes que asoman de la superficie de un estanque oscuro.

Comprendió demasiado tarde que estaba viendo unos ojos.

Depredador al acecho

¡PUUUUF!

Una ola de energía embistió a Álex con tal intensidad que lo estrelló de costado contra la pared.

El muro, en aquella zona, era casi todo barro, y la silueta del chico quedó estampada en el fango cuando resbaló hasta el suelo. Un ligero desplazamiento de tierra provocó una lluvia arenosa procedente del techo.

—¡Álex! —gritó Ren.

Cuando se volvió a mirarlo, se encontró cara a cara con el morro metálico de una máscara de cocodrilo que la apuntaba como el cañón de una pistola. Unos ojos negros destellaron a la luz verdosa. Las manos de Ren forcejearon inútilmente contra la fuerza invisible que le atenazaba la garganta e impedía el paso de la sangre a su cerebro. Pocos segundos después, estaba mareada; transcurridos unos cuantos más, perdió el sentido.

Ta-mesah se quedó donde estaba, observando a su presa.

Al borde de la inconsciencia, Álex oyó el susurro de unos pies que se arrastraban. Aparecieron dos momias, cuyos vendajes apenas conseguían disfrazar los larguiruchos cuerpos de lo que en su día fueran sanos adolescentes. El primero en llegar lo sujetó, y él no pudo hacer nada más que aletear con los brazos mientras la momia lo arrastraba al interior de la pequeña cámara. Cuando le ató las manos con una soga ya no pudo hacer ni siquiera eso.

Ta-mesah encendió las velas de la cámara con un simple movimiento de la mano.

Despacio, Álex recuperó el pleno uso de los sentidos y el mundo se perfiló ante sus ojos: un pequeño cuarto. En un rincón había una cama individual. En la pared de enfrente divisó un altar de piedra con dos columnas que enmarcaban una hendidura vertical. Una puerta falsa, comprendió Álex, el umbral entre el mundo de los vivos y el de los muertos que alberga toda tumba egipcia. Las momias se plantaron rígidas ante él, impidiendo el paso.

Lo habían dejado apoyado contra la pared que flanqueaba la entrada. Aún con la mochila a cuestas, notaba el bulto de las linternas en la parte baja de la espalda. La cabeza de Ren, ahora sentada a su lado, cayó sobre su hombro. Se agitó para despertarla.

—¿Eh? —balbuceó ella, adormilada.

—Despierta, Ren —la azuzó, haciendo esfuerzos por dominar el miedo que lo embargaba—. Tenemos problemas.

—¿Problemas? —murmuró ella, y entonces reaccionó. Abrió los ojos de sopetón y empezó a forcejear para zafarse de las cuerdas que le sujetaban las muñecas.

—No te molestes —dijo Ta-mesah.

Ella alzó la vista, helada.

—Oh, no —exclamó, hundiendo la espalda—. Otro.

Las machacadas costillas de Álex opinaban lo mismo, que se encontraban ante otro poderoso acólito de La Orden, un tipo muy parecido al psicópata de la máscara de hiena al que se habían enfrentado en Nueva York.

—¿Qué quieres? —preguntó en tono desafiante.

—Cuidado con lo que dices, chico —replicó Ta-mesah—, o te cortaré la lengua.

—No es la primera vez que me dicen eso —le soltó Álex, que recordaba a la perfección las amenazas del Hombre Aguijoneado—. Aquel otro no salió muy bien parado.

—¿Quién dice que todo ha terminado para él?

El leve eco que proyectaba la voz de Ta-mesah contra el hierro de la máscara le daba a su voz un tono de ultratumba.

—Se marchó por donde había venido —dijo Álex.

—¿Eso crees?

—Lo sé…

Ta-mesah sacudió la mano y una ola de energía golpeó a Álex. Cuando la parte superior de su cuerpo se estampó contra el yeso de la pared, se quedó sin aliento.

—Advierto en tu voz que tienes ganas de guerra —prosiguió Ta-mesah—, pero esta batalla ha terminado. Habéis perdido. Ahora quiero que contestes a mis preguntas.

Álex lo fulminó con la mirada.

—¡Lo tienes claro! Me da igual lo que me hagas.

—Lo creo —repuso Ta-mesah—. Y sé que has muerto ya una vez. Has visto el lado oscuro. Y sigues vivo, mientras que muchos otros han muerto. —Sonrió—. Como la doctora, por supuesto.

Álex se crispó e irguió la cabeza al mismo tiempo que Ren agachaba la suya.

—Así es —prosiguió el acólito de La Orden—. Está muerta.

Álex echó otra ojeada a las momias. Ta-mesah siguió la dirección de su mirada.

—No, ella no. La hemos utilizado para otro propósito.

El chico comprendió a qué se refería. Sabía mejor que nadie que los Caminantes necesitaban alimentarse.

—Cerdo —le escupió.

Ta-mesah no le hizo caso.

—Te voy a hacer dos preguntas —continuó—, y solo las formularé una vez.

—No te tengo miedo.

—Puede que no. Pero tu amiga…

Álex se volvió a toda prisa hacia Ren y vio el pavor asomar a sus ojos.

—¡Déjala en paz! —gritó.

Una carcajada suave resonó a través de la máscara.

—Ella no parlotea tanto como tú, ¿eh? Porque es más lista. —Su tono se endureció; su voz aumentó de volumen—. Si no hablas, tu amiga morirá.

Ren ahogó un grito de dolor y de sorpresa cuando una fuerza invisible la obligó a levantar las manos por encima de la cabeza.

—¡Basta! —chilló Álex, mientras esa misma fuerza la elevaba ante sus ojos. Ren hacía esfuerzos por mantener los pies pegados al suelo.

—Primera pregunta…

—¡No! —replicó Álex, sin poder evitar que la desesperación se revelase en su voz.

Ahora Ren se había incorporado y tenía los brazos por encima de la cabeza, pero la fuerza invisible seguía tirando de sus manos. Se puso de puntillas…

—¿Dónde está tu madre, niño?

Álex se volvió bruscamente hacia su interrogador.

—¿Cómo dices? —preguntó, con la mente inundada de confusión—. ¡Vosotros tenéis a mi madre! —vociferó.

¿Le estaría gastando aquel tipo alguna clase de broma cruel?

—No te hagas el listillo conmigo. ¡Mataré a la chica!

Los pies de Ren abandonaron el suelo. Gimió de dolor cuando los hombros cargaron con todo el peso de su cuerpo.

—Creemos que se encuentra en la Tierra Negra —gritó Ta-mesah—. ¡Dinos dónde!

Álex no daba crédito a lo que estaba oyendo. La Tierra Negra pertenecía a Egipto, llamada así por el suelo fértil que bordeaba el Nilo. Aquello no tenía ningún sentido.

—¡No lo sé! —chilló—. ¡Déjala en paz!

Buscó el amuleto, pero solo pudo golpetearlo con la soga de sus manos atadas a conciencia. Los pies de Ren pateaban a un palmo del suelo. Presa de un horror impotente, Álex observó cómo los hombros y los brazos de su amiga se tensaban por momentos. Su semblante era un rictus de dolor y desesperación. Abrió la boca y gritó.

Fue un grito desgarrado, interrumpido tan solo cuando Ren se detuvo a tomar aliento. Durante la breve pausa, un nuevo sonido inundó la habitación.

—¿MARRAUC?

Plantada entre las dos rígidas momias había una tercera, mucho más pequeña. La gatita miró a la chica que pendía en vilo y luego al hombre enmascarado. En las estrechas franjas de lomo que no cubrían los vendajes, los pelos que le quedaban se le habían erizado. El animal abrió la boca con un furibundo bufido:

—¡HISSSS!

—¿Qué es ese… bicho? —se horrorizó Ta-mesah. Perdiendo la concentración, soltó a Ren, que cayó a plomo acuclillada.

Pai volvió a bufar, se apoyó sobre las patas traseras y saltó. Salvó los tres metros que la separaban del enmascarado con un brinco impresionante. Ta-mesah levantó las manos con intención de apartarla, pero llegó demasiado tarde. Ella ya le había alcanzado el rostro. El hombre trastabilló hacia atrás y se golpeó contra la pared antes de llevarse las manos a la cabeza en un esfuerzo frenético por quitarse de encima aquel rabioso torbellino.

Pai atacaba una y otra vez, como un batería enfrascado en el más violento solo jamás ejecutado: ¡PLANC! ¡CLONG!

—¡Ayudadme, idiotas! —gritó Ta-mesah.

La momias reaccionaron al grito y corrieron hacia la inenarrable ofensiva felina. De golpe y porrazo, Álex y Ren tuvieron delante una puerta desatendida.

—¡Vamos! —apremió Álex a su amiga.

—¡Tenemos que ayudar a Pai! —replicó Ren.

Un brazo vendado —¡*un brazo!*— cruzó la habitación de punta a punta y salió volando por la puerta.

—¡Va a ser que no! —dijo Álex.

Volvieron la vista una última vez a aquel espacio iluminado por velas. Mientras Pai seguía aporreando la cabeza de Ta-mesah, una momia luchaba por atrapar al esquivo felino y la otra miraba boquiabierta el lugar que antes ocupara su brazo.

—¡Gracias, Pai! —gritó Ren, según Álex y ella huían. Una ola de gratitud borró su miedo por un instante—. ¡Eres increíble!

Con las manos atadas y los amuletos rebotando en el pecho, descendieron por el túnel a la carrera.

Se refugiaron tras la primera esquina. Álex se dio media vuelta para que Ren pudiera sacar una pequeña navaja suiza de la mochila. Ella la desplegó con los dientes y cortó las ataduras de Álex. Una vez libre, él le devolvió el favor.

Si alguna vez hubo un momento propicio para pasar a la acción, era aquel, pero Álex se quedó unos instantes allí parado, mirando de hito en hito la tierra a sus pies. No se lo podía creer. La Orden no había secuestrado a su madre. Todo ese tiempo… Cada una de las decisiones que había tomado… ¿Estaban jugando con él? ¿O iba en serio?

—¡Álex! —gritó Ren separando mucho las sílabas, de tal modo que sonó como dos nombres: *Al, Lex.*

Sacudiendo la cabeza con fuerza y forzándose a recuperar la concentración, él se desembarazó —literalmente— del pensamiento.

—Vale —dijo—. ¿Por dónde? Utiliza el amuleto.

—Ah, no —replicó ella—. Hemos estado a punto de morir por culpa de este cacharro. Nos ha llevado directos a la boca del lobo.

Álex la miró boquiabierto. Ahora estaba totalmente centrado en su objetivo.

—¡No ha sido culpa del amuleto!

—¿Y de quién ha sido? ¿Mía?

—No, pero…

—Da igual, nunca habría sido tan tonta de no ser por él. Mira que quedarme ahí plantada… Para mí, se acabaron las visiones. Eso es un síntoma de locura, Álex.

Él la miró con atención. Estaba seguro de que cualquier cosa que dijera solo serviría para reafirmarla en su postura. Sabía que era una persona sumamente racional.

—En cualquier caso —prosiguió ella—, a menos que quieras volver atrás, solo podemos avanzar en un sentido.

Álex no quería volver atrás, claro que no.

—Vale —dijo—. En marcha.

Según marchaban a toda prisa, él se descargó la mochila y abrió la cremallera del pequeño compartimiento para libros. Palpó el borde del sobre, solo para confirmar que el conjuro seguía ahí. Había llegado la hora de cortar la cabeza de la serpiente.

Doblaron otra esquina y un umbral profusamente iluminado se perfiló ante sus ojos.

—Me parece que hemos llegado —anunció Ren—. El corazón de la tumba.

—La capilla de la tumba —dijo Álex.

—Claro —asintió Ren—. Eso también.

Álex rodeó el amuleto con la mano y su radar interno emitió una señal tan intensa que solo podía significar una cosa: el capitán Willoughby.

Se acercaron con sigilo. Ren cerró los puños a los costados, lejos de su amuleto en forma de ibis. Avanzaban con sumo cuidado, si bien de momento en esta tumba no habían encontrado escorpiones, pozos ni cuchillas, como les había sucedido en Nueva York.

Pero les aguardaban otros peligros.

Una sola palabra los recibió cuando cruzaron el umbral. Un sonido chirriante y cascado, pero sobradamente claro:

—Bienvenidos.

El santuario

Willoughby estaba plantado junto a la pared del fondo. Ante él se erguía un altar sobre el que yacía un niño atado.

El chico volvió hacia ellos un rostro surcado de lágrimas. Gritó pidiendo ayuda, pero la mugrienta mordaza que le tapaba la boca ahogó las palabras. A su alrededor, las paredes de la capilla estaban decoradas con las joyas de la Corona de la tierra natal de Willoughby. El oro y las gemas capturaban el imponente brillo de una enorme lámpara de araña, alimentada por algo que no era electricidad.

—Es ese niño —dijo Ren. El pelo, los ojos, esas cejas disparejas…—. Es Robbie.

Willoughby dijo algo, pero la frase se perdió en el denso gorgoteo de los dañados órganos internos. Álex solo alcanzó a entender la palabra «escapar» y la cavernosa risotada que acompañó el comentario. *El chico ha intentado escapar* —comprendió—. *Y no lo ha conseguido.*

Perdiendo interés en su soliloquio, el Caminante de la Muerte se volvió hacia el niño. Hacía caso omiso de ellos, como si fueran unos visitantes molestos, y el desprecio enfureció a Álex. Willoughby alargó su manaza para agarrar un largo gancho de bronce.

Ese gesto lo entendieron todos.

El niño gritó a pesar de estar amordazado y Álex puso manos a la obra.

La mano izquierda alrededor del escarabeo, la derecha apuntando al frente, los dedos unidos. Con un golpe directo a la mano de Willoughby, la lanza de viento le arrebató el gancho, que salió disparado hacia la pared del fondo y se quedó allí clavado como una flecha.

Willoughby rugió furioso.

—Hazlo ahora —dijo Ren—. Antes de que vuelva a abrir la boca.

Álex sabía que no eran las deterioradas y repulsivas palabras del Caminante lo que temía su amiga. Era la posibilidad de volver a enfrentarse a aquel abismo negro que te absorbía el alma. Allí abajo no había donde esconderse. Se descargó la mochila de la espalda y buscó el sobre. Antes de que pudiera sacarlo, una poderosa fuerza impactó contra su hombro y lo tiró al suelo.

La mochila salió volando. Él la oyó aterrizar —los repiqueteos y los tintineos de las linternas sueltas— e intentó levantarse. Notó un fuerte dolor en el hombro cuando apoyó la mano para equilibrarse.

Al otro lado de la sala, Willoughby abandonó el refugio del altar. Todavía apuntaba a Álex con la mano, sin separar los abotargados dedos.

Él se puso en pie.

—Ahora sí que me haces caso, ¿eh? —dijo.

—Espera —gritó Ren—. ¡Piensa!

Pero Álex ya había levantado la mano y Willoughby estaba haciendo lo propio para contrarrestar su ataque.

La lanza de viento de Álex chocó con la ola de energía del Caminante, y una invisible lucha de voluntades de desplegó en el centro de la cámara. La araña de cristal tintineaba y se columpiaba en lo alto, pero él a duras penas oía su propio pulso acelerado. Clavó la vista en los ojos negros de Willoughby y apretó los dientes.

Su corazón latía a un ritmo peligroso y tenía la cabeza a punto de estallar, pero supo que el esfuerzo valía la pena cuando oyó las rasposas respiraciones del Caminante intensificarse con el esfuerzo, como un anciano que carraspeara con fuerza.

Con el rabillo del ojo, percibió un movimiento —un destello azul, el color de la camiseta de Ren—, pero no quiso arriesgarse a perder la concentración intentando averiguar adónde se dirigía.

Por desgracia, el Caminante era más poderoso que él y la marea empezó a cambiar. Ahora, el viento le azotaba la cara a él. Su cabello voló hacia atrás como si hubiera sacado la cabeza por la ventanilla de un coche. Se esforzó aún más, si cabe, apretó los dedos con rabia, arrugó la cara del esfuerzo.

No le sirvió de nada.

Una sonrisa, incipiente y maliciosa, apareció en el rostro del Caminante y, un instante después, su energía dobló la lanza de viento de Álex. El chico salió volando hacia atrás y aterrizó a plomo en el suelo. Añadió una rodilla y el otro brazo a su lista de lesiones y, ya puestos, sumó el dolor de cabeza. Pero fue Willoughby quien se llevó la mayor sorpresa.

—¿Qué hacéis? —graznó.

Álex alzó la vista. Ren había aprovechado la confusión para desatar al niño. Ahora ambos corrían hacia él, Ren con la mochila en las manos y el chico desatándose la mordaza de la boca a toda prisa. Sus primeras palabras:

—¡Hay que salir de aquí!

—No podemos —dijo Ren, y tiró la mochila delante de su amigo—. Antes tenemos algo que hacer.

Álex extrajo el sobre. Echó una ojeada a Willoughby, por

miedo a que le enviara otra ola de energía. Pero el Caminante miraba la puerta por encima del hombro de él al tiempo que otra sonrisa vagamente burlona bailaba en su semblante maltratado por el tiempo.

Sonaron unos fuertes pisotones en el pasillo. Se volvió en el instante en que una enorme figura penetraba en su campo visual: ciento veinte kilos, y más fuerte muerto que en vida. Aun cubierto de vendas, el engendro seguía siendo reconocible. Los restos mortales de Liam descollaron en el umbral y siguieron avanzando.

El otro amuleto

La momia se precipitó en dirección a Álex y a Ren, pero Robbie se interpuso en su camino.

—¡Eh, momia! ¡Aquí, tontorrona! —gritó.

—¡Cuidado! —susurró Ren, pero la momia ya se había vuelto hacia el chico. Titubeó durante un segundo. ¿Acaso reconocía las pequeñas y ágiles manos que habían contribuido a su creación? De ser así, no se trataba de un recuerdo agradable. Un rugido ronco, furibundo, surgió del fondo de su garganta.

La momia persiguió a Robbie junto a la pared, hacia el fondo de la habitación, mientras el Caminante de la Muerte se aproximaba hacia los dos amigos. Eligió palabras cortas, que pronunció muy lentamente. Quería que entendieran bien el destino que les aguardaba:

—Uno morirá —dijo—. Otro será mi nuevo... —y aunque la última palabra era más larga y el siseo bien podría haber brotado de la lengua de una pitón, también fue inteligible— assssisss-tente.

Ren replicó, pero no le habló a él, sino a Álex.

—¡Ahora! —gritó.

Este extrajo el envejecido conjuro y tiró el sobre al suelo.

Willoughby se detuvo en seco. Incluso un arqueólogo tan patético como él era capaz de reconocer el Libro de los Muertos.

Sin embargo, la expresión del Caminante no era de miedo, solo de fría fascinación. Mientras tanto, Álex levantaba el antiguo texto con unas manos tan temblorosas que temió rasgar aquel papiro frágil y reseco.

—Está demasiado cerca —dijo Ren.

Tenía razón y él lo sabía. Ahora, apenas diez metros los separaban de Willoughby, que era capaz de hacer mucho daño desde lejos. Y él no podría ni leer tres líneas antes de que el Caminante lo derribase o le absorbiera el alma.

—¡Aquí! —gritó Robbie.

Había conducido a la momia hasta la parte trasera del altar y, tras rodearlo, corrió hacia delante. Se encaminó directamente hacia Willoughby. Liam se tambaleaba unos pasos más atrás.

—Genial —murmuró Álex.

Ren le arrebató el conjuro.

—Hazlo —dijo.

Sucedió todo al mismo tiempo.

Willoughby se volvió a mirar el origen de la conmoción.

Robbie, a pocos pasos de su antiguo jefe, hizo una finta. Fingió que giraba a la izquierda y luego salió disparado hacia la derecha.

La momia siguió corriendo en línea recta, tal como suelen hacer.

Álex aferró su amuleto, levantó la mano y emitió la lanza de viento más poderosa que había proyectado en su vida… no al cuerpo del Caminante, sino a los pies de la momia, que tropezó en plena carrera y derribó a su maestro como un bolo en un pleno. La momia se precipitó sobre su amo y ambos aterrizaron enredados en el suelo.

Mientras tanto, Álex ya se había puesto a recitar. Las letras

171

del envejecido texto empezaron a brillar cuando agarró con fuerza su amuleto. Aquel era el más formidable poder del escarabeo: activar el Libro de los Muertos. Ahora solo restaba la respuesta a la gran pregunta: ¿Había acertado con el conjuro? «Para protegerse de los saqueadores de tumbas y ladrones extranjeros»… Si se había equivocado, estaban perdidos.

Pese a todo, el amuleto le ayudó a concentrarse y aquietó sus manos en cuanto leyó las primeras frases. Las palabras le resultaban familiares, por antiguos que fueran los sonidos.

—¡Tú, ladrón! ¡Tú, usurpador! ¡Retrocede! Vuelve, pues sufrirás la justicia…

Oyó un fuerte golpe cuando Willoughby intentó, sin éxito, levantarse. Álex continuó. *Ya voy por la mitad.* Lo oyó mascullar oscuras blasfemias mientras forcejeaba para ponerse en pie. *Tres cuartos.*

—¡Funciona! —exclamó Ren—. Apenas se puede mover.

La luz del techo palideció y los símbolos del pergamino brillaron con mayor intensidad si cabe. Álex leyó las últimas palabras.

Ya está.

Alzó la vista, con la esperanza de ver al Caminante convertido en un cadáver reseco, igual que le había sucedido al Hombre Aguijoneado. En cambio, vio a Willoughby en el suelo, apoyado sobre una rodilla. El Caminante de la Muerte sacudió la cabeza, como para zafarse de una telaraña. Acto seguido, levantó los ojos y se puso en pie. La momia hizo lo propio. La lámpara de araña volvió a brillar.

—Oh, no —musitó Ren en tono derrotado.

—Pero si yo… —dijo Álex. Se había equivocado de conjuro, al fin y al cabo. Estaba tan seguro de haber acertado… Y aquella seguridad, aquella certeza, los había condenado a todos.

—Esto no es bueno, ¿verdad? —preguntó Robbie.

Fue Willoughby quien respondió. No mediante palabras, que nunca habían sido su fuerte, sino empleando la fuerza bruta. Echó la mano hacia atrás y asestó un puñetazo al aire.

—¡Uuuuuf! —exclamó Álex, doblado sobre sí mismo de dolor.

El conjuro revoloteó hasta el suelo. Para cuando aterrizó, Willoughby ya había utilizado sus poderes para volver a golpear a Álex. Avanzó despacio, tomándose su tiempo, sin molestarse en mirar a los demás siquiera. Ya había decidido a quién mataría en primer lugar.

Ren se sentía impotente. Willoughby estaba a punto de propinarle a Álex una paliza mortal y no podía hacer nada por evitarlo. Desesperada, optó por el único recurso que le quedaba. Se llevó la mano al pecho para aferrar su propio amuleto. Albergaba una mínima esperanza. Para ella, la magia era un sinsentido, pero quizá, solo quizás, aquel amuleto —su propio amuleto— pudiera ayudarla a encontrarle lógica. Ahora mismo, lo necesitaba.

Otra imagen críptica acudió a su mente. Una sala de tribunal vacía, lámparas de aceite apagadas sobre las mesas de madera… Durante una décima de segundo, trató de descifrar el enigma: *¿No comentó Álex que Willoughby se había escapado poco antes de que se celebrara el juicio contra él?*

No, no, no, pensó. Necesitaba algo más contundente que una mera imagen. Levantó la mano derecha, como tantas veces había visto hacer a Álex. Apuntando en dirección a Willoughby, cortó el aire.

Nada.

El Caminante, en cambio, tuvo más suerte. Volvió a asestar

un golpe al vacío y el cuerpo de Álex se retorció en el suelo. Ren sabía que su amigo no resistiría mucho más. Hundió nuevamente la mano en el aire.

Fue inútil.

¿Para qué sirves?, le preguntó al amuleto para sus adentros. Como en respuesta, los ojos de la chica emitieron un destello plateado. Otra imagen. El brazo de un hombre, un bloque de madera...

Robbie le gritó algo y se agachó a un lado, pero Ren no procesó los estímulos. Estaba absorta en sí misma. Ni siquiera se percató de que la momia pasaba por su lado con sus andares pesados y se plantaba ante la puerta.

Otra imagen: un hacha. De golpe y porrazo, las piezas encajaron. Recordaba perfectamente que Álex había comentado algo acerca de eso.

—Pero qué asco —susurró.

Miró deprisa a su alrededor para evaluar la situación.

Álex vio a duras penas una momia enorme custodiando la entrada y a Robbie acuclillado en la pared del fondo...

—¡Necesito tu ayuda! —gritó.

Álex rodó para colocarse de espaldas y tosió, lo que le provocó un dolor agudo en las maltrechas costillas. Se limpió la boca y vio una mancha roja en el dorso de su mano. Cuando alzó la vista, atisbó las crueles y contrahechas facciones de Willoughby, que lo miraba a su vez. Junto a la pared del fondo, Ren le susurraba algo a Robbie.

Se toqueteó el pecho hasta encontrar el amuleto. Apenas tenía fuerzas para rodearlo con la mano y, cuando levantó la otra, solo pudo proyectar un leve soplo de brisa. El escarabeo le res-

174

baló entre los dedos sin que pudiera hacer nada salvo escuchar las horripilantes carcajadas de Willoughby.

Iba a morir. Moriría sin haber encontrado a su madre. Erguido ante él, el Caminante ya tomaba impulso con la mano. Un golpe fantasma más, una nueva onda de fuerza… Y todo habría terminado. Ambos lo sabían.

Y Ren también.

—¡Basta! —gritó. Se tiró al suelo para proteger a Álex y se encaró con Willoughby—. ¡Si nos matas a los dos, te quedarás sin criado!

—Yo te serviré —dijo una voz—. He sido un tonto. Esta vez no intentaré escapar.

—¡Robbie! —vociferó Ren—. ¡Víbora!

—Lo siento, pero ni siquiera os conozco —replicó él encogiéndose de hombros—. Y no quiero morir.

Ren lo fulminó con la mirada. Álex también quiso hacerlo, pero apenas podía levantar la cabeza.

—Te ayudaré con estos dos —dijo Robbie, a la vez que levantaba unas enormes cizallas.

Álex pensó que eran las tijeras de podar más horribles que había visto en su vida.

Willoughby sonrió a su antiguo y futuro ayudante igual que sonríe la gente cuando se encuentra un billete olvidado en el bolsillo del abrigo.

Mientras tanto, ellos dos intercambiaron susurros urgentes.

—Ten cuidado —cuchicheó ella por encima del hombro—. Esto va ser una carnicería.

—¿Qué? —preguntó Álex, casi incapaz de articular la palabra.

—Me parece que ya sé por qué no funcionó el conjuro. Lo que pasa es que se trata de un ladrón y debe ser castigado en este mundo antes de ser juzgado en el otro.

175

Álex no le preguntó cómo lo sabía. No tenía aliento para ello. Sin embargo, basándose en sus conocimientos sobre la justicia egipcia, comprendió que la teoría de su amiga tenía lógica.

—Claro —consiguió decir—. Pero el castigo por robar…

Ren asintió antes de volverse hacia el Caminante de la Muerte. Willoughby tomó más impulso esta vez, dispuesto a asestar una onda de energía tan fuerte como para aplastarlos a ambos. Echó la mano hacia atrás.

—El castigo… —empezó Ren.

¡CHAAASSS!

Las cizallas se cerraron sobre los músculos y los huesos resecos con un chasquido repugnante. Echando el cuerpo hacia delante para usar todo su peso, Robbie empleó hasta el último músculo de su pequeño cuerpo —y hasta la última gota de rabia— en apretarlas.

—El castigo —concluyó Ren— consiste en cortar la mano del ladrón.

La mano de Willoughby cayó al suelo con un golpe sordo.

Hundimiento

La pérdida de la mano fue devastadora para Willoughby.

Cayó de rodillas y emitió un gemido ronco. En los pocos segundos que tardó en pasar la vista del sirviente traidor al umbral, donde la enorme momia acababa de caer como un fardo, su rostro ya había envejecido a ojos vistas. Su vigor sobrenatural lo abandonaba como el aire de un globo que se deshincha, su corpachón parecía encoger. La horripilante voz protestó por última vez antes de sumirse en un misericordioso silencio.

—El hechizo era el correcto —dijo Ren, que se volvió a mirar a Álex con una resplandeciente sonrisa—. Solo hacía falta cortarle la mano.

Un espeluznante cuadro de vida y muerte se desplegó a cámara rápida en la siniestra capilla. Los ojos lechosos de Willoughby se cerraron y su ajada piel se tornó reseca y correosa en un instante. El cuerpo del gigante, ahora rígido, se desplomó. El músculo se consumió a sí mismo hasta que solo quedó un saco de piel y huesos envuelto en ropajes de explorador y tendido bocabajo en el suelo. Los amigos contemplaron la imagen tan fascinados como horrorizados —y no poco satisfechos— hasta que un golpe metálico atrajo su atención.

Robbie había soltado la cizalla y corría hacia ellos.

—¡Bien hecho! —exclamó Ren.

—¡Ha sido asqueroso! —dijo el niño—. Y te aseguro que he visto cosas muy asquerosas aquí abajo.

Álex comprendió por fin lo que habían estado cuchicheando aquellos dos en la pared del fondo.

—Buena interpretación —los elogió con un hilo de voz.

Se volvió hacia Ren y la miró de verdad por primera vez en muchos días: una chica bajita con camiseta azul, vaqueros y la cara sucia. Mientras él no pensaba en nada más que en atacar a ciegas, ella había hecho lo que mejor se le daba… y lo había salvado. Cogió tanto aire como le permitieron sus maltrechos pulmones.

—Tus planes son los mejores del mundo —consiguió decir.

Ella le dedicó una sonrisa rápida.

—Ya lo sé —repuso, y su sonrisa se tornó traviesa—. Deberías imitarme de vez en cuando.

Álex asintió, contento de saber que aún tendría la oportunidad de hacerlo. En aquel momento, oyeron un rumor procedente del desplomado cadáver de Willoughby. El cuerpo seguía inmóvil, pero del muñón donde antes estuviera la mano brotaba ahora un chorro uniforme de líquido rojo. Esta vez, nadie se preguntó qué sería. La lámpara de araña empezó a apagarse según la tierra que rodeaba el cuerpo se teñía de color sangre.

—Qué asco —dijo Ren.

Un ligero temblor sacudió la sala.

—Será mejor que salgamos de aquí —les advirtió Álex.

Los otros dos lo ayudaron a levantarse. Él hizo una mueca cuando el dolor le atravesó las costillas y la barriga.

Ren guardó el viejo conjuro en la mochila, no sin antes sacar las tres linternas. Miró a un lado y a otro a la menguante luz.

—Las joyas de la Corona —recordó.

—Sí —dijo Álex.

Un temblor mayor estuvo a punto de derribarlos a todos, pero se habían criado en un museo y no podían dejar atrás unas piezas tan valiosas. Robbie y Ren corretearon aquí y allá para recoger las joyas expuestas y guardarlas en la mochila de Álex. Ella retiró como pudo una pesada corona morada decorada con una galaxia de joyas multicolores de su soporte mientras Robbie agarraba un cetro rematado por un diamante del tamaño de un puño pequeño.

—¡Deprisa! —los apremió Álex, al tiempo que dirigía el haz de su linterna al techo. Igual que el resto del laberinto subterráneo, no estaba apuntalado ni atravesado por vigas, y comprendió que la fuerza que lo mantenía en pie era la misma que lo iluminaba: Willoughby. Lo enfocó con el rayo. El líquido oscuro manaba ahora con más intensidad y la sangre se estaba encharcando alrededor del cadáver.

De repente, la cámara al completo tembló y se sacudió. Del techo llovieron grumos de tierra y fango, y el yeso de las paredes empezó a agrietarse estrepitosamente.

—¡Todo se viene abajo! —gritó Ren.

Salieron a toda prisa. Ren y Robbie le ayudaron a pasar por encima del bulto que recordaba vagamente a Liam. La cripta que vio nacer a las momias sería su sepultura. Desaparecido el fulgor verde, en el túnel reinaba una oscuridad total. Enfocaron el camino con los rayos de sus linternas.

—Estoy bien —les dijo. La adrenalina fluía ya por su organismo y, si se inclinaba en el ángulo adecuado, podía avanzar a un trote ligero—. Os seguiré lo más rápido que pueda.

Los otros dos negaron con la cabeza y Álex no estaba en condiciones de discutir. Redobló sus esfuerzos haciendo caso omiso del dolor. No podía hacer más que albergar la esperanza de llevarles la delantera a los muros que se desplomaban. Un desagradable tufo metálico —el olor de la sangre de Willoughby— impregnó el aire de los túneles.

—¡Por aquí! —gritó Ren, que rodeaba su amuleto con una mano. Por más que tuviera sus reservas, no era el mejor momento para perderse en el laberinto.

Una voz los llamó desde el siguiente cruce.

—¿Sois vosotros, chicos?

Los dos amigos alzaron las linternas para asegurarse. ¡Luke!

Álex no pudo hacer nada más que esbozar una sonrisa, pero Ren vociferó:

—¿Dónde estás? ¿Te encuentras bien?

—Ese estúpido monstruo no paraba de perseguirme —les explicó cuando llegaron a su altura—. ¡Al final le ha dado un patatús!

—¿Llevas corriendo todo este rato? —alucinó Ren, cuya linterna reveló grandes manchas de sudor en la camiseta del chico.

Luke se encogió de hombros.

—Durante seis o siete kilómetros. Hemos acabado corriendo más o menos en círculo.

—Álex está herido —dijo Ren—. Ayúdalo, ¿quieres?

—Claro. —Luke asintió en dirección a Robbie al mismo tiempo que rodeaba a Álex con su fuerte brazo—. Tus tíos te están buscando.

Se apresuraron por el oscuro túnel. No encontraron señales de Ta-mesah durante el ascenso. La zona donde se encontraba su cámara ya se había desplomado y el desenlace de la pelea con el gato seguía siendo una incógnita. Pero había otros peligros. Los grumos de tierra y fango caían constantemente de las paredes y el techo.

—¡Hay que darse prisa! —aulló Ren.

El miedo a acabar sepultados en vida bajo el viejo cementerio planeaba en la mente de todos. Pero ninguno de los tres, ni siquiera Robbie, se adelantó. Saldrían de allí los cuatro o no lo haría ninguno.

Ahora estaban muy cerca.

Un bloque de tierra y piedra, como mínimo de medio metro, se soltó del techo del túnel y aterrizó con un golpe sordo delante de ellos. Lo rodearon a toda prisa, pidiéndole al cielo que el siguiente no cayera sobre sus cabezas ni se llevara consigo el túnel entero.

Un profundo rumor se alzó a sus espaldas cuando el laberinto al completo empezó a hundirse. La tierra y el fango estaban por todas partes; les llovía y se acumulaba a sus pies.

—¡No lo conseguiremos! —chilló Robbie.

Pero Álex no podía resignarse. Tras haber confiado únicamente en sí mismo todo ese tiempo, tras haber avanzado a ciegas sin que le importara en realidad a quién arrastrara consigo, comprendió algo. Esas tres personas le habían salvado la vida. Ahora le tocaba a él.

—Sí, lo conseguiremos —prometió.

La cabeza le dolía tanto como las costillas, pero de todos modos sostuvo el amuleto con la mano. Visualizó un túnel redondo y perfecto ante ellos y proyectó la otra mano con los dedos abiertos para crearlo.

Con los ojos cerrados, con los dientes apretados, Álex dio cuanto tenía.

Sus pies avanzaban maquinalmente por donde Luke lo conducía. Recurriendo a todas sus fuerzas, estaba usando el amuleto para abrir un túnel de viento a su alrededor. Solo esperaba que la presión bastara para evitar que las paredes y el techo se precipitaran sobre ellos y los enterraran vivos.

Estaba al borde de la inconsciencia, prácticamente agotado, cuando notó el soplo del viento en la cara. Entreabrió los ojos y vio una puerta de piedra que les cedía el paso a la cripta y, de allí, a la noche del cementerio de Highgate.

Siguientes pasos

El taxi se detuvo junto al edificio Campbell y, entre todos, pagaron al taxista. Cuando Ren abrió la puerta principal con la llave maestra, entraron a trompicones. Álex fue el último en cruzar el umbral, renqueando y poco menos que salivando ante la idea de tomarse una de las aspirinas que tenía en su habitación. Casi estaba deseando ver la cara arrugada de Somers. Pero fue otro el rostro que les dio la bienvenida.

—Hola, niños —oyó.

De inmediato reconoció el marcado acento alemán. Álex alzó la vista y ahí estaba: Todtman, esbozando su sonrisa de sapo y apoyado sobre un elegante bastón negro.

—Caray, cuánto me alegro de verle —dijo Ren, que corrió hacia él para abrazarlo.

Álex no estaba en condiciones de correr a ninguna parte de momento, pero obsequió a su viejo mentor con la mejor sonrisa que pudo exhibir… y la noticia más alucinante que podía imaginar:

—¡No tienen a mi madre!

Unos minutos más tarde, se habían repartido por la pequeña zona de descanso del museo, ahora cerrado. Álex y Ren, en un

182

raído sofá; Todtman, en una silla de madera, enfrente de ellos; Robbie, de pie junto a la puerta; y Luke haciendo estiramientos «posentrenamiento» en el suelo. Álex llevaba la voz cantante. Despacio y con todo lujo de detalles, le contó a Todtman lo que habían descubierto.

Cuando hubo terminado, se acomodó en el sofá y trató de recuperar el aliento. Le dolían tanto las costillas que no podía tomar grandes bocanadas de aire, así que se conformaba con respiraciones breves y superficiales.

—¿La Tierra Negra? —repitió Todtman. Tenía la pierna estirada ante sí, tan tiesa como su bastón nuevo.

Mientras tomaba aire para responder, Álex echó un vistazo a aquel bastón de paseo negro carbón, pertinaz recuerdo de su lucha con el Hombre Aguijoneado. Tanta batalla les estaba pasando factura. Pero ahora, por fin, tenía la sensación de que estaban progresando.

—Piensan que está en Egipto —aclaró antes de repetir su gran noticia—: ¡No la tienen!

Sonrió de oreja a oreja, a pesar del dolor y los pinchazos.

—Pero entonces ¿dónde está? —se extrañó Ren—. Si no la tienen prisionera, si también la están buscando…

Todtman expresó en voz alta lo que todos estaban pensando.

—¿Y por qué iba a esconderse de nosotros?

La sonrisa se esfumó del rostro de Álex.

¿Por qué iba a esconderse de mí?

—Debe de tener buenas razones —afirmó—. Ella no… —agrandó los ojos y se inclinó hacia Ren—. ¡Utiliza eso! ¡Pregúntaselo!

—No es una Bola 8 Mágica, Álex —replicó ella a la vez que echaba un vistazo al ibis. Luego, en voz más queda—: Y, de todas formas, ya lo he probado. No dice nada.

—¿Seguro que lo estás usando bien? —insistió él, en un tono demasiado acusador.

—¡Ni siquiera estoy segura de estar usándolo! —repuso ella, también demasiado a la defensiva—. Yo diría que más bien es al revés.

Álex cedió.

—Vale, perdona —dijo—. Es que pensaba que, a lo mejor…

Ren también se ablandó.

—Ya lo sé —contestó con voz pausada.

Álex la miró. Seguía siendo su mejor amiga. Habían discutido, se habían fallado mutuamente y se habían puesto en peligro el uno al otro, pero también habían sabido rectificar. Su amistad había cambiado de un modo que aún no acababa de discernir, pero había descubierto una cosa: no podría seguir adelante sin ella.

—Ta-mesah, el hombre cocodrilo, dijo otra cosa —recordó Ren, volviéndose hacia Todtman—. Dijo que en realidad no nos habíamos librado del Hombre Aguijoneado. O, al menos, eso me pareció entender.

Todtman meditó la información unos instantes antes de contestar.

—Es posible que tenga razón. Yo también he pensado en ello. El Libro de los Muertos y el escarabeo pueden devolver a los Caminantes de la Muerte al otro lado…, pero es de allí de donde proceden.

Álex entendió a qué se refería.

—Podrían volver a quedarse a las puertas de la otra vida para evitar el juicio final.

—Y esperar a que se les presente otra oportunidad de huir —concluyó Todtman—. De hecho, es posible que ahora sean más fuertes, que el tiempo que han pasado en este mundo les haya proporcionado nuevas energías.

—No puede hablar en serio —se horrorizó Ren—. ¿Me está diciendo que podrían volver?

184

—Hay que juzgarlos. Han de pasar por la ceremonia del contrapesado del corazón. Eso es lo que temen. Saben que en sus corazones pesa la culpa y que si los juzgasen no podrían entrar en el otro mundo, sino que dejarían de existir.

—¿Y cómo lo hacemos? —preguntó Ren.

—Los Conjuros Perdidos —apuntó Álex.

—Exactamente —dijo Todtman—. Fueron los Conjuros los que los trajeron de vuelta. Son más poderosos que cualquier otro conjuro conocido y el último de ellos, si no me equivoco, trata del contrapesado del corazón. Creo que ahí radica la solución.

Somers entró discretamente en la sala con otra bolsa de hielo para Álex.

—Gracias, Somers —dijo el chico.

El viejo conserje había escuchado el relato de Álex, justo hasta el instante en que el destino de la doctora Aditi quedó confirmado. Entonces se levantó y abandonó la habitación. Era demasiado viejo para grandes aventuras. Su participación había concluido.

Él le tendió a Somers la bolsa con el hielo derretido y se aplicó la nueva en la zona de las costillas. Lo recorrió un escalofrío.

—Aún hay muchas cosas que no entiendo —comentó al tiempo que se arrellanaba en el sofá—. ¿Por qué Willoughby se parecía a su estatua y no a su fotografía?

Todtman lo meditó.

—Los antiguos egipcios se hacían esculpir esas estatuas porque pensaban que podían habitarlas en la otra vida —explicó—. Dime una cosa, cuando salisteis de la cripta, ¿la estatua aún conservaba la mano?

—Estaba demasiado alelado como para comprobarlo —le contestó él.

—Yo no me fijé —terció Ren—. Estaba oscuro.

Todas las miradas se dirigieron a Luke. Sentado con las piernas estiradas ante sí, inclinaba el cuerpo para tocarse las deportivas.

—A mí no me miréis —sentenció sin alzar la vista—. Tardé cero coma cuatro segundos en alcanzar la puerta.

Sonaron unos golpes en la habitación contigua. Alguien llamaba a la puerta principal. Cuando Somers acudió a abrir, oyeron una conversación a lo lejos.

—¡Están aquí! —exclamó Robbie antes de salir corriendo de la habitación.

Álex alzó la vista y vio a Ren echar un último vistazo al papel que tenía en el regazo antes de doblarlo en dos. Lo había conservado, claro que sí.

Luke se levantó de un salto.

—Reunión familiar —dijo—. ¿Venís?

Pero ya se había marchado, en pos de una recompensa o quizá solo de un final feliz.

Álex y Todtman se pusieron en pie con dificultad, y Ren los esperó.

—Nos vamos a Egipto, ¿verdad? —preguntó Álex cuando todos se hubieron incorporado.

—Claro —asintió Todtman—. Todas esas preguntas que aún te haces… Estoy seguro de que encontraremos las respuestas en la Tierra Negra.

—Las respuestas y a mi madre —dijo él.

—Y los Conjuros Perdidos —añadió Ren.

—Y otro Caminante de la Muerte —concluyó el hombre—. Puede que más de uno.

Los tres se reunieron con Luke en la estancia contigua. Allí estaba la pareja de ancianos, con sendas sonrisas de oreja a oreja y los ojos inundados de lágrimas. Y esos ojos estaban puestos en una encantadora mujer de cabello castaño claro que tenía una ceja un poco más alta que la otra y que, ahora mismo, abrazaba a su hijo con toda su alma.

Los demás se retiraron un poco para que Robbie y su familia disfrutaran de cierta intimidad.

—Son cada vez más fuertes —dijo Ren—. Los Caminantes de la Muerte son cada vez más fuertes.

Álex contemplaba hipnotizado la reunión de la madre y su hijo, pero despegó la mirada por fin al oír las palabras de su amiga. Ren tenía razón. Él también se había dado cuenta, pero era consciente de algo más. Miró a un lado y a otro; los tres amuletos, al futuro campeón olímpico y la emocionada reunión que habían hecho posible.

—Los Caminantes son cada vez más fuertes —dijo—, pero nosotros también.

Los demás asintieron y se abrazaron. Durante unos instantes, el silencio reinó en el museo, y se rompió únicamente con el delicado roce de unos pasitos tranquilos en el cuarto piso.

Sin embargo, los Caminantes, los Guardianes y los gatos no eran los únicos implicados en la aventura. Y muy lejos de la noche inglesa, en las profundidades de las cambiantes arenas de Egipto, la secta que rendía culto a la muerte también acometía sus progresos.

La noche no se diferenciaba del día en el antiguo cuartel general de La Orden. Una enorme puerta falsa se erguía en el centro de un muro, y estaba cambiando. La pintura entre roja y anaranjada que cubría la muesca vertical del centro empezó a titilar. Un hombre emergió de lo que fuera sólida piedra y entró en la sala de una firme zancada.

En la cabeza portaba una pesada máscara de hierro, no menos pavorosa ahora que estaba surcada de profundos arañazos.

Otro hombre, también enmascarado, se volvió a mirarlo.

No se molestaron en intercambiar saludos de cortesía.

—El inglés ha sido derrotado, de momento —dijo Ta-me-sah—. Obra del chico otra vez, y hay un segundo. No importa; el portal funciona.

La muesca de la falsa puerta volvió a mudar en vulgar piedra. Cuando el mandamás asintió, el salvaje pico de su máscara egipcia de buitre cabeceó.

—Los Guardianes del Amuleto no pueden detener lo que se avecina —declaró—. Le diré que todo está saliendo según el plan acordado.

PUCK

AVALON

Libros de *fantasy* y *paranormal* para jóvenes, con los que descubrir nuevos mundos y universos.

LATIDOS

Los libros de esta colección desprenden amor y romance. Ideales para los lectores más románticos.

LILLIPUT

La colección para niños y niñas de 9 a 14 años, con historias llenas de aventuras para disfrutar de verdad de la lectura.

SERENDIPIA

Una serendipia es un hallazgo inesperado y esto es lo que son los libros de esta colección: pequeños tesoros en forma de historias contemporáneas para jóvenes.

SINGULAR

Libros *crossover* que cuentan historias que no entienden de edades y que pueden disfrutar tanto un niño como un adulto.

¿Cuál es tu colección?

Encuentra tu libro Puck en:
www.mundopuck.com

 puck_ed
 mundopuck

ECOSISTEMA DIGITAL

NUESTRO PUNTO DE ENCUENTRO

www.edicionesurano.com

2 AMABOOK
Disfruta de tu rincón de lectura
y accede a todas nuestras **novedades**
en modo compra.
www.amabook.com

3 SUSCRIBOOKS
El límite lo pones tú,
lectura sin freno,
en modo suscripción.
www.suscribooks.com

DISFRUTA DE 1 MES
DE LECTURA GRATIS

1 REDES SOCIALES:
Amplio abanico
de redes para que
participes activamente.

4 QUIERO LEER
Una App que te
permitirá leer e
**interactuar con
otros lectores**.

 iOS

Alfabeto Jeroglífico

A		J		SH		
B		K		T		
C		L		TH		
CH		M		U		
D		N		V		
E		O		W		
F		P		X		
G		Q		Y		
H		R		Z		
I		S				